KB177900

웃어라, 내 얼굴

20년차 소설가의
위대한 생활 탐구

웃어라,
내 얼굴

김종광 에세이

작가
정신

차례

1부
가족에게 배우다

2부
괴력난신과 더불어

3부
무슨날

4부
읽고 쓰고 생각하고

1부

가족에게 배우다

석탄박물관

●

　내 고향에는 석탄박물관이 있다. 아버지가 20년 동안 주야로 탄을 캐던 성주산聖住山은 아름답지만, 개미굴 미로 같은 폐광들을 켜켜이 품고 있다.

　박물관에는 엘리베이터가 있다. 관람객에게 갱차를 타고 갱도로 추락하는 듯한 절실함을 느껴보라고.

　아버지는 탄 캐는 인형들을 보고, 깊은 갱도에서 탄인지 밥인지 분간도 못하며 벤또(도시락) 먹던 그때를 회상했다. 아버지의 눈시울이 붉어지고 나는 어쩐지 울컥했다.

　탄으로 먹고사는 군상들의 희로애락을 시에 담겠다고 굳게 맹세하던 탄광촌 친구가 떠올랐다. 박물관에 현대적으로 정리된

40여 년 탄광의 역사는 아버지의 시커먼 청춘까지 담아내고 있는 것일까? 1989~1993년 석탄산업합리화 정책으로 일제히 사라진 탄광들은 저 산속 어딘가에 냉풍욕장으로 개발될 날을 기다리며 똬리 틀고 있는데, 탄광과 함께했던 광부들과 처자들은 어디서 무엇을 하고 있는가. 진폐증으로 스러져간 아버지의 동료들은 편히 잠들어 있는가.

저 산 구석구석에는 아직도 석탄이 쌓여 있다. 우리 아버지들이 캐었으나 소비되지 못하고 그저 높다랗게 시커멓게 쌓여 있다. 석탄의 시대도 가고 아버지들의 시대도 갔지만, 석탄이, 아버지가 우리를 키워냈다는 사실은 저 박물관처럼 명징하다.

석탄박물관에 가면 아버지들의 냄새가 뜨겁다.

바늘

●

어머니가 바느질을 하는 모습은 마술 같았다. 어머니의 손가락과 바늘이 펼치는 아슬아슬한 곡예는 따로 놀던 것들을 한가지로 감쪽같이 묶어놓았고, 큰 구멍 뚫린 곳을 완벽하게 막아냈다.

재봉틀이 한 식구가 된 뒤에도, 바늘은 위세를 잃지 않았다. 이불처럼 큰 것들은 물론이지만, 옷가지들이 하도 다양한 상처를 입는 탓에 손가락과 한 몸으로 움직이는 바늘의 능력이 재봉틀보다 더 적절할 때가 많았던 것이다.

어머니가 바느질을 할라치면 우리 형제는 바늘귀에 실 끼우는 일을 도맡기 위해서 다투었다. 그 작은 구멍에 침 발라 굳힌 실

끝을 밀어 넣는 일이 왜 그렇게 재미있었던지. 처음엔 그 재미로 했던 실 끼워드리는 일이, 나이가 들수록 중요한 조수 노릇이 되어갔다. 사계절이 바뀔 때마다 어머니의 눈은 침침해졌고, 우리의 눈은 밝아졌기 때문이다.

내가 어렸을 때 바늘은 바느질 말고 또 한 가지에 있어 아주 중요한 도구였다. 하지만 어머니는 그 한 가지를 잘 못했다. 겁이 좀 많으셨다. 그래서 우리 형제가 체하면, 어머니는 우리의 손을 끌고 이웃집으로 달려갔다. 이웃집 아주머니는 우리의 손가락을 실로 동인 다음, 날카로운 바늘을 꺼내 머리에 득득 긁었다. 저러다가 머리를 찌르시기라도 하면 어쩌시려고? 어설픈 우려를 하는 사이에 아주머니의 바늘은 하강했고, 손톱 바로 위 부분을 콕 찔렀다. 그러면 검은 핏방울이 솟아올랐고, 체증이 싹 가시는 듯했다.

젊은 세대에게는 바늘이 구시대의 유물일지도 모른다. 이불에는 지퍼가 달리고, 옷가지는 뜯어지는 일이 없도록 튼튼하게 나오는 시대가 되었으며, 설령 구멍이 나거나 너덜너덜 해지더라도 새로 사면 샀지 바느질 수선을 하지 않아도 부끄러울 게 없는 시대니까. 바늘로 손을 따는 것은 의학적으로 근거 없는 행위라는 것이 밝혀졌으며, 그럼에도 불구하고 바늘을 흉내 낸 손 따는 의료 기구가 판매되고 있으며, 소화제 정도는 어느 집 안에든 구비된 시절이니까. 그저 어떤 특별한 아이들의 취미 생활로나 자취를 유지하고 있을 뿐이니까.

그런데 우리 어머니 세대에게는 아직도 바늘이 손가락처럼 친근한 벗이며 때로는 의료 도구인 것을 가끔 목격한다. 저 오래된 바늘, 나를 키운 바늘, 그래서 어머니 그 자체라고도 말할 수 있는 바늘. 저 바늘에 찔려본 사람은 바늘이 영원히 아릴 것이다.

단추

●

옷에는 여러 쌍둥이 형제들이 산다. 이 형제들은 옷에 달라붙어 사는 주제에, 주인 행세를 한다. 녀석들은 사람 눈에 가장 잘 뜨이는 곳에 자리 잡고서는 온갖 폼을 다 잡는다. 재주는 곰 같은 옷이 부렸지만 사람들의 찬사를 차지하는 것은 녀석들이다. "옷이 참 고와요!"라고 하지 않고, "단추가 참 맵시 나네요!"라고 말하는 거다. 옷은 이 형제들이 얄밉지만 참는 수밖에 없다. 왜냐하면 녀석들 중 하나만 달아나버려도 바람을 막을 수가 없고 또 태깔이 안 나기 때문이다.

못 먹고 못 입던 시절엔, 단추들이 자꾸만 달아났다. 옷이 어디에 부딪치고 걸리기만 해도, 넘어지고 뒹굴기만 해도, 축구만

해도 어디론가 도망가버렸다. 싸우기라도 하면 단체로 달아나버렸다. 옷과 단추의 사랑을 맺어주는 실들이 너무 가늘고 약했다. 아이들은 엉엉 울며 놀던 데를 샅샅이 뒤져야만 했다.

끝내 못 찾고 집에 가면 엄마는 깡통 하나를 꺼냈다. 깡통에는 아주 다양한 단추들이 "날 좀 꺼내 줘, 난 다시 맨 앞에서 세상을 보고 싶단 말이야!"라고 외치고 있었다. 커다란, 둥그런, 동그란, 작은, 구멍이 네 개 뚫린, 두 개 뚫린, 하얀색의, 바다색의, 무지개 빛깔의, 플라스틱인……, 이 많은 단추 녀석들이 언제 이렇게 모인 것일까?

옷을 더 이상 못 입게 되었을 때 옷은 걸레가 되거나 버려졌지만, 단추 녀석들은 떼어져 곱게 모셔졌던 것이다. 아이들이 뛰어놀다가 단추를 주우면 보석이라도 된 듯 모셔 왔던 것이다. 심지어 단추 따 먹기 놀이를 하는 아이들도 있었다. 아이들은 서로 다른 단추가 달린 옷을 입고 학교에 가도 부끄럽지 않았다. 왜냐하면 친구들도 마찬가지였으니까.

잘 먹고 잘 입는 시절이 되었어도, 단추는 잘 토라진다. 옷의 사랑이 약해진 걸 알면 바로 표시를 내려고 한다. 실이 매우 단단해져서 쉽게 도망가지는 못하지만, 자꾸 요동을 쳐서 달랑달랑해진다. 아예 한쪽 얼굴을 스스로 깨뜨려버리기도 한다. 단추 형제들은 옷이 제아무리 질과 태깔을 자랑해도, 자기들이 안 도와주면 옷답지 못하게 된다는 걸 잘 알고 있다.

그래서 단추 형제들은 오늘날도 여전히 "옛날처럼 아무 녀석이나 대신 달고 다닐 수도 없잖아? 그러니까 나를 공주처럼 보살피란 말이야!"라고 땅땅거리며, 재주는 옷에게 부리게 하고, 폼은 맨 앞에서 자기들이 다 재고 있는 것이다.

아낌없이 주는 나무

●

　　아이가 네 살 때, 아내가 연필을 사 가지고 왔습니다. 아내는 연필을 정성스럽게 깎아주었습니다. 아이는 연필로 힘들게 몇 글자를 썼습니다. 아이에게는 아직 연필을 꼭 쥘 힘이 없었습니다. 아이가 스케치북에 쓴 건 그림 같았죠.

　나는 아주 옛날로 거슬러 올라갑니다. 연필이 가장 큰 보물이던 때. 그때 연필심은 잘도 부러졌습니다. 부러진 연필심을 주워 들고 엉엉 울었던 적도 있지요. 침을 묻혀가며 글씨를 썼지요. 연필을 깎다가 손을 벤 적도 많았지요. 핏물이 노트 위에 번지던 기억이 납니다. 연필은 금방 닳아버렸습니다. 볼펜대에 끼워 몽당연필을 만들었지요. 웅변대회에 나가 상을 받은 적이 있는데,

상품은 물론 연필이었습니다. 처음으로 받은 선물도 연필이었지요. 그렇게 연필이 제 인생의 모든 것이던 때가 있었습니다.

언제부터 연필과 멀어지게 되었을까요? 중학교 들어가면서 볼펜을 쓰게 된 뒤부터겠죠. 또 샤프펜슬을 쓰게 된 뒤부터죠. 샤프는 계속해서 애용했고, 지금도 쓰고 있어요. 저는 책에다 밑줄을 잘 긋는 편인데 샤프를 사용하죠. 하지만 연필은 쓰지 않았고, 싹 잊어버렸어요. 세상이 좋아져서 요새 아이들은 연필을 안 쓰는 줄 알았어요. 다 샤프펜슬을 쓰는 줄 알았지요.

그런데 오랜 세월이 흐른 뒤에 다시 연필과 만난 것입니다. 아내는 왜 아이에게 샤프 대신 연필을 쥐어준 걸까요? 조금 생각하니 알 것 같았습니다. 아이의 손은 아직 샤프를 조절해서 쓸 만큼 여물지가 않았던 것입니다. 게다가 샤프심은 찔릴 위험도 크지요. 볼펜이나 사인펜 역시 아이가 다루기에는 아직 버겁습니다. 결국 어린아이에게는 연필이 가장 적당한 필기구라는 것을 깨달았습니다. 세상의 모든 것이 빠르게 발전했는데도, 연필은 제 어릴 때와 똑 같은 모습으로 살아 있었던 것입니다. 그 당연한 사실이 무척 신기하게 생각됩니다.

아이가 다섯 살이 됐습니다. 아이의 연필 글씨는 조금 나아져 그림과 글자의 중간은 됩니다. 재질이 훨씬 좋아졌을 텐데도, 연필심은 제 어릴 때처럼 자주 부러집니다. 여전히 힘 조절에 서

투르기 때문이겠죠. 한 살을 더 먹을 때마다 점점 글자에 가까워지겠지요. 연필을 자유자재로 쓸 수 있을 때쯤엔, 연필을 버리고 샤프를 잡겠지요. 그러고 보니 연필은 꼭 동화 속의 '아낌없이 주는 나무' 같습니다. 아이가 글자를 배우는 동안 아낌없이 제 몸을 주다가 버려지니까요.

아이의 외박

•

아내랑 나랑 둘이서만 중요한 볼일이 생겼다. 아내는 아이를 아침 일찍 이모네에 맡겼다. 아내는 이제까지 그러했듯이 아이가 엄마 보고 싶어서 여러 번 울 것이라 예상했지만, 아이는 엄마를 까맣게 잊고 종일 즐거웠나 보다. "다 컸네, 다 컸어!" 대견해하면서도 어째 서운한 기색의 아내, 밤중에 아이를 데리러 갔다가 빈손으로 돌아왔다. 아이가 집에 가기를 거부하고, 이모네서 자겠다고 했단다.

우리는 아이가 자기 집보다 이모네를 더 편하게 여기는 것을 이해하기 어렵다. 하지만 아이 관점으로는 재미있게 놀아주는 형들이 있고, 짜증 한번 안 내고 다정하게 챙겨주는 이모가 너무

좋았던 모양이다.

　하여간 아내는 홀로 돌아와 어쩔 줄을 모른다. 아내는 아이랑 떨어져 자는 것이 생짜 처음이다. 늘 끼고 잤던 것이다. 섭섭하고, 허전하고, 불안하고, 뒤숭숭하고 영 잠이 안 오는 모양이다.

　하지만 아내는 익숙해져야 한다. 아내가 아이와 함께 잘 날은 얼마 남지 않았다. 아이는 곧 자기만의 방을 원할 테다. 같은 집에 살아도 함께 잠드는 일은 있기 힘든 일이 될 테다. 집 밖에서 자는 날도 점점 늘어날 테다. 스무 살 정도가 되면 아예 집을 떠나게 될 것이다. 우리도 그렇게 엄마 품을 떠나왔으니까.

열심

•

    아버지는 내게 웬만하면 농사일을 안 시켰다. 그 시간에 대학 갈 공부 하라는 뜻도 계셨지만, 내가 농사일에 젬병인 탓도 있었다. 게으른 놈은 아니어서, 나 나름대로는 열심히 일했다. 그런데 아버지로서는 차라리 안 시키는 게 나았을 상황이 다수 발생했던 것이다.

    피 뽑으러 들어가서는 벼를 죄 밟아놓고, 논 갈다가는 경운기에 부착한 쇠삽날을 부러뜨리고, 낫질하다가는 소가 못 먹는 독초를 베었다. 이러니 보탬손이 되기는커녕 아버지 성질만 돋우었다. 이렇게 일찍이 열심히 하는 게 능사가 아님을 깨달았다.

    살면서 열심히 일하는 사람들을 많이 만났다. 쓸데없는 일을 하고 있거나, 방법이 틀렸거나, 얻을 것보다 잃을 게 많은 일을 하는 분들도 있었다. 그 자신의 성취도는 드높았겠지만, 다른 사람들을 힘들게 하지 않을까 심히 우려가 되고는 했다. '가만히 있는 게, 혹은 안 하는 게 도와주는 것이다'라는 말이 괜히 나왔겠는가. 모두가 '열심히!'를 외치고 있는데, 무지하고 능력 모자란 사람들의 '무작정 열심히'처럼 두려운 게 없다.

좀 게으르더라도, 도덕성이나 합리성을 따져가면서, 가장 효율적인 방법으로, 차근차근 나아가야 하는 것 아닐까.

안경쟁이

•

　안경은 안 쓰면 좋은 것이고, 쓸 수밖에 없다면 가능한 늦게 써야 할 텐데. 일찌감치 뭘 제대로 못 본다 싶더니만 아들은 마이너스 시력에 심각한 난시였다. 유치원 또래 중에서는 딱 한 명이 썼다니, 놀림받을까 봐 겁이 났던 모양이다. 안 쓰겠다고 울고불고 난리였다. 간신히 달래서 맞춰 씌워주고는 '멋있다'는 말을 틈만 나면 해주었다.

　나와 아내는 중학생 때부터 안경을 썼고, 시작부터 마이너스 시력에 심각한 난시였다. 돌연변이라고 우길 수도 없게, 아들의 나쁜 눈은 딱 나와 아내에게 물려받은 것이다. 미안할 따름이다. 하지만 어쩌랴, 적응해서 살아가는 수밖에.

여러 분이 고맙다. 녀석은 어딜 가나 안경 써서 멋있다는 소리를 들었다. 유치원의 선생님들과 동무들에게는 하루에도 수십 번씩 얻어들었고, 슈퍼에서도, 병원에서도, 놀이터에서도 칭찬을 받았다. 덕분에 금방 안경에 적응이 돼서, 원래 있었던 눈처럼 잘 쓰고 다닌다. 너무 빠른, 불편한 안경쟁이 생활의 시작이었지만, 여러 분의 배려 덕에 아프지 않은 천진난만한 출발이었을 것이라고 믿는다.

등록금

•

입학금 13만 원, 교육비(12×21만) 252만 원, 종
일반비(10×12만) 120만 원, 재료비 40만 원, 급식비 48만 원,
영어교육비 24만 원, 레고특별활동(주1회)비 18만 원, 우유비 8
만 원, 여름수련회비 4만 원, 총합계 527만 원. 이상은 내가 작년
에 아이를 1년 동안 유치원 보내는 데 들어간 돈의 상세한 내역
이다. 보육료 지원을 150만 원 정도 받았으니, 사실은 377만 원
이다.

비싼가, 싼가? 혹자는 아주 비싸다고 놀랐을지도 모르겠다.
아내는 싼 편이라고 말한다. 내 아이가 다니는 유치원보다 돈이
훨씬 많이 들어가는 유치원이 쎄고 쎘다는 것이다(강남 유치원은

얼마나 될까?). 나는 매우 싸다고 생각한다. 대학교와 비교하면.

예닐곱 살짜리 아이랑 반나절만이라도 놀아본 사람은 알 테다. 정말 힘들다. 유치원이 그 아이랑 1년 내내 놀아준 것이다. 놀아만 줘도 감사한데 가르쳐준 것도 많다.

그런데 대학교는 다만, 일주일에 스무 시간 정도를 가르쳐줄 뿐이다. 스무 시간 배우고, 나머지 시간은 생활비 벌러 다니는 가난한 대학생들이 안쓰럽다. 1년도 아니고 한 학기 고작 넉 달에 300~500만 원씩 받는 이유를 모르겠다. 대학교는 유치원처럼 등록금 산정 내역을 자세히 공개해서 궁금증이라도 풀어주기를.

숙제

•

　　유치원에서 숙제를 내줬다는 말을 처음 들었을 때 기가 막혔다. 하지만 매일 내주니 일상이 돼버렸다. 유치원 숙제는 엄마를 피곤하게 한다. 엄마랑 꼭 함께하라고 했다는 거다. 저녁을 먹고 나면 아내와 아이가 숙제 붙잡고 끙끙거리는 것이 보기 안 좋을 때도 있다. "숙제하지 마, 안 해도 돼!" 아빠가 할 말은 아니었지만 안쓰러워서 했더니 애가 울상이다.

　애가 하는 말을 들어보니, 선생님이 야단치는 것은 아니지만, 다른 아이들은 다 해 오는데 자기만 안 해 온 상황을 감당할 수가 없다는 뜻인 것 같았다. 요즘은 '받아쓰기 연습'이란 숙제를 날마다 받아 왔다. 받아쓰기 시험을 본다니까 건성으로 하기가 어렵다. "좀 틀려도 돼!"라고 했더니 또 울상이다. 또 뭐라고 하는데, 다른 아이들이 다 100점 맞는데 혼자서 틀릴 수 없다는 뜻인 것 같았다.

내가 초등학교 들어가서 했던 숙제를 요새 아이들은 유치원 때 하고 있는 것이다. 초등학교 1학년 때 대체 뭘 배우라고 벌써 다 가르쳐주는가, 라는 어리석고도 한가한 의문이 들기도 했지만, 벌써부터 내 아들이 한글을 대략 쓸 줄 안다는 것이 대견하기는 했다. 뭐, 다들 100점을 맞는다니 평균적인 것이지만. 암튼 엄마가 아이를 키운다는 것은 함께 숙제를 해나가는 것인가 보다.

참가상

●

유치원에서 독서 골든벨을 한다고 했다. 막연히 동메달쯤은 타 올 것이라고 기대했다. 어릴 때 제 자식은 다 천재로 보인다고, 대단한 머리를 가진 줄 알았다. 게다가 아빠가 책으로 먹고사는 사람이니 부전자전이라고 책에 있어서는 또래를 능가하리라 지레짐작했다.

아이는 예선 탈락을 하고서는 '참가상'을 받아 왔다. 참가상이라도 준 유치원 선생님들에게 감사하는 한편 역시 공부하지 않으면 아무것도 기대할 수 없음을 새삼스레 깨달았다. 사실 아이는 탱자탱자 놀았던 것이다. 예선을 통과한 아이들은 문제가 나올 지정 도서를 열 번 스무 번 되풀이 읽고, 부모와 연습 시험도 치른 모양이다. 대충 두어 번 읽고, 엄마 아빠도 별 신경을 안 쓰고, 케이블로 끝없이 재방송해주는 〈1박 2일〉을 마음껏 보고, 컴퓨터게임을 실컷 한 아이가 예선 탈락한 것은 당연했다.

아이에게 엄혹기가 도래했다. 충격을 받은 엄마는 〈1박 2일〉 시청 시간을 하루에 30분으로 축소했고, 컴퓨터게임은 거의 금지되었으며, "책 읽어!" 호통을 귀에 딱지가 지도록 듣고 있다. "그냥 하고 싶은 대로 하게 놔둬!" 하며 편을 들어주던 아빠도 발언권을 잃었다. 그리고 엄마는 학습지를 두어 개 추가할 생각이다.

그렇게 어린이는 미취학 아동 때부터 공부기계, 사교육 시장의 봉 같은 소비자로 살아야만 한다.

형보다 나은 아우

●

    세 살 터울의 동생이 나보다 나은 녀석이라는 걸 깨달은 건 서른도 다 되어서다. 내가 강권해도 내 앞에서는 술을 안 마시는 녀석이었는데, 그날은 우리가 서울에서 회동을 했다.

    나는 서울에서 버틴 지 1년쯤 되었을 때였고, 동생은 갓 상경해서 이력서 넣고 다닐 때였다. 녀석이 몇 잔 술에 취해서는 제 속마음을 이실직고했다.

    정리하자면 '형이 유약한 성품에다가 직업이 소설가라 돈 벌일은 없고 제 앞가림만 해도 천만다행인 상황이니, 나라도 좋은데 취직해서 부모님을 기쁘게 해드려야겠는데 서울이 참 쉽지가 않은 땅이다'는 거였다. 듣기 너무나도 거북한 소리에 차근차근 따져보니, 부모님과의 친밀도, 성품, 미래에 대한 전망, 외모, 제반 능력, 모든 것에서 동생이 나보다 낫다는 것을 인정하지 않을 수 없었다.

사실 형보다 나은 아우가 얼마든지 많다. 자기보다 나은 아우를 바라보는 형의 마음은 어떤 것일까? 나는 보통 사람인지라, 동생이 형보다 잘나서 좋은데, 특별하고 가진 사람들은 다른 모양이다. 그 숱한 '왕자의 난'을 되새겨보라.

욕

●

　"당신 소설엔 욕이 왜 그리도 많지요?"라는 질문을 받곤 한다. 확실히 내 소설에는 욕이 많았다. 일부러 욕을 많이 쓴 게 아니라, 경험했던 바를 최대한 사실에 가깝게 재구성하다 보니 그랬다.

　사실 내가 소설에 쓴 욕은 실제로 경험한 바의 10분의 1도 안 된다. 청소년기에 거의 욕설 대화를 하고 살았다. 20년이 지난 지금도 학창 시절의 친구들을 만나면 그때처럼 순 욕으로 대화를 하는 경우가 있다. 욕을 섞어 말하지 않으면 친구들에게 빙충이로 보일까 봐 지레 겁먹었던 것일까? 욕에 남자다움이 있고, 때로는 욕을 주고받는 사이가 더 친근한 사이라는 오해를 했던 것일까.

군대에서는 아예 말이 곧 욕이었다. 직장에서도 틈만 나면 욕을 해댔다. 혼자서도 많은 욕을 했다. 죄 없는 텔레비전에게 그 얼마나 많은 욕을 퍼부었던가.

욕을 하지 않고는 살 수가 없었다. 그리고 이제 최대의 딜레마에 처했다. 나는 욕을 하고 살았지만, 내 자식은 욕을 모르고 살게 만들어야 하는 것이다. 욕은 분명히 상대방의 인격을 존중하지 않는 나쁜 것이므로. 그래서 애 앞에서만은 바르고 고운 말만 써보려고 노력하는데 그게 참 힘들다. 정말이지 내 아이는 욕을 못해도 좋은 세상을 살았으면 좋겠다.

마개 따기

•

    싼 와인도 많다는데, 와인이 언감생심인 주제라, 선물용으로는 사보았어도, 내가 마시려고 사본 적은 없었다. 그러던 차에 와인 한 병을 선물로 받았다. 고대로 다른 이에게 선물할 생각으로 있다가, 어느 분위기 좋은 날, 참지 못하고, 아내랑 오붓하게 마실 작정을 했다.

    이걸 도대체 어떻게 따야 하나? 케이스 안에 구둣주걱 같은 게 있기는 한데, 마개 따는 것일지도 모른다는 생각이 들기는 했지만, 도무지 사용법을 알 수가 없었다. 진짜 구둣주걱인가? 온 집 안을 뒤져 코르크 마개를 딸 수 있는 도구를 하나 찾았는데, 마개에 박고 돌린 지 얼마 되지 않아 마개의 절반이 부서졌다.

나머지 절반은 병 속으로 쏙 들어가버렸다. 그래도 마셔보자고 따라봤는데 무수한 나무 가루가 목에 턱턱 걸려 도저히 삼킬 수 없었다. 줘도 못 먹는다더니! 우리는 서로 마개 하나 못 따는 주변머리라고 빈정대다가 급기야 대판 싸우고 말았다. 마개도 못 따는 남자(여자)랑 한평생을 살아야 하다니 암담하다는 게 요지였다.

수치스러움은, 우리처럼 마개를 못 따 고생하신 분들이 드물지 않다는 걸 알고서야 좀 가셨다.

퇴소식

•

 그 신병훈련소에서는 군사훈련보다, 매스게임(제
식, 태권도, 군사무용) 훈련에 더 열중했다. 퇴소식 때 부모님께 보
여주기 위한 거랬다. 훈련소는 나라 지키는 데 하등 도움이 될
것 같지 않은 짓거리에 왜 그리 목을 매는지 알 수 없었다.

 어쨌거나 나도 퇴소식 이틀 전까지는 그 훈련 대열에 속했다.
최종 리허설 전날, 교관이 나를 비롯해 여섯 명을 불러내더니,
"열외!"라고 말했다. 기존의 풀 뽑고 연병장 보수하던 열외자들
은 새로운 열외자들을 위로했다. "기운들 내라. 군대가 다 그렇
지 뭐."

 퇴소식 끝나고 어버이와 더불어, 잔디밭에서 잔뜩 벌여놓고

먹는데, 어머니가 장하다는 듯이 말했다. "너, 맨 왼쪽 맨 뒤에서 안쪽으로 두 번째 줄에 있었지? 찾느라고 되게 힘들었다. 머리 깎고 군복 입혀놓으니까 다들 똑같아. 구별이 안 돼." 아버지도 말했다. "그래도 열심히 배운 것 같더라. 군대가 좋긴 좋구나. 너처럼 흐리터분한 애를 그렇게 절도 있게 만들어버리다니."

어버이는 대체 누굴 본 것인가? 어버이기 때문에 보지 않은 것도, 보셨을 테다. 나는 목이 메어 김밥을 삼키지 못하고 컥컥거렸다. 창피했고 감사했다.

가족 사이에도 보지 않은 것을 본 것처럼 말해야 할 때가 많다.

계산

•

　　아내나 나는 영어뿐만 아니라 복잡한 숫자에도 정신이 아득해지는 족속이다. 종합소득세 신고 안내 서류에 산출 방법이 상세히 적혀 있었지만, 우리에게는 고등학교 3학년 수준의 난해한 수학 문제처럼 여겨졌다.

　　그래도 나보다는 숫자에 민감한 아내가 책임지고 나섰는데, 그 실력에 꼭 마감날 하려고 들었다. 서너 시간 끙끙대던 아내가 울었다. 나는 단호히 말했다. "까짓것 하지 말자!" 그러나 아내는 전장에 나가는 전사처럼 결기를 세우고는 세무사에게 달려갔다. 세무사는 이러저러한 서류를 떼 와야 가능하고 수수료 20여만 원을 내야 한다고 했다. 그 많은 수수료를 낼 수가 없어, 세무사 사무실을 나온 아내, 왜 그렇게 계산하는 게 어렵냐고 따지기라도 할 요량으로 지방 세무서로 달려갔다.

그런데 이럴 수가. 아내처럼 도저히 계산이 안 돼 발을 동동 구르다가—그것도 마지막 날에—세무서를 찾은 이들이 친절한 도움을 받고 있었다. 세무서에서 동원한 청년들이 친절하게 계산해주고 입력도 해주었던 것이다. 아내도 한 청년의 도움을 받아 손쉽게, 그 어려운 계산을 종료할 수 있었다. 아내는 감격해서 말했다. "60만 원 돌려받을 수 있대. 세무서, 너무 친절해졌어!" 암튼 계산에 젬병인 사람이 한둘이 아니라니 덜 부끄러웠다.

물가 상승

•

　　　한 달 생활비가 문득 너무 많이 나온다고 생각될 때가 있다. 그때면 아내가 가계부를 펼쳐놓고 줄여볼 만한 게 있나 따져본다.

　어머님 용돈, 이거 줄일 수 없다. 큰돈도 아니고 고작 10~20만 원인데(이건 늘려야 할 항목이다!). 학원비, 여기서도 대책 없다. 통신비는 왜 이렇게 많이 나와? 일반전화에다가 휴대폰 셋, 거기에 결정적으로 인터넷 사용의 대가. 인터넷 안 하고 살 순 없지, 참자(사실 인터넷을 끊은 적이 몇 번 되는데, 보름 이상을 버틴 적은 없다). 보험 확 깰? 안 돼. 무슨 일 있을지 알아. 부조도 꽤 많이 했네. 이건 인간의 예의상 어쩔 수 없는 거고. 자동차, 이게 가장 큰 문제로군. 대체 기름을 몇 번이나 넣은 거야? 확 팔아버려? 그러나 차 없이 어찌 살아. 게다가 경차인데, 참자. 가스비, 전기세는 왜 이리 많이 나왔어. 하지만 원래 비싼 거, 아긴다고 몇 푼이나 아끼겠어. 그냥 쓰던 대로 쓰자.

아무래도 줄여볼 만한 데는 결국 내 품위 유지비(밥값, 술값, 기호품비 등)뿐이다. 그러나 꼼꼼히 따져보니 역시 줄일 수 있는 성질의 것이 아니다. 만날 얻어먹을 수 있나? 최소한 더치페이는 하고 다녀야지. 결국 줄여볼 만한 데가 없었다. 이러니 물가 상승이 호환 마마보다도 무섭다.

대출 세계관

●

　내가 문득 아내에게 물었다. 약간 진지한 표정으로. "대출 언제부터 가능해?" 아내가 대책 없는 얼굴로 대답했다. "기약 없지. 무리해서 대출할 필요 없잖아." 우리는 인근 도서관에서 1인당 다섯 권씩 잘 빌려보던 중, 바빠서 책을 다 못 읽고, 반납일을 넘겼다. 이후 책 한 권을 잃어버려 불가피 장기간 연체를 했고, 그 대가로 한 달도 넘는 대출 정지를 당한 상태였다. 아내의 대답이 어째 이상하다. 무리해서 대출할 필요 없다니? 연체 기간이 얼마 남았냐는데 웬 뚱딴지?

　어쨌거나 나는 내가 목적했던 말을 은근히 꺼냈다. "그럼 살까?" 도서 대출이 불가능하니, 사서 보자는 거였다. 경제는 암울하고 물가는 치솟으니 책 사자는 말이 함부로 나오지가 않아 아내 눈치를 살핀 거다.

아내의 대답. "우리 형편에 어떻게 사?" 나는 좀 서운해서 말했다. "우리가 책 몇 권 살 형편은 되지 않나. 내가 요새 벌어다 준 돈이 부족해서 그러나?" 아내가 멍하고 있더니 갑자기 막 웃어댄 뒤 말했다. "우린 세계관이 달라도 너무 달라!" 아내는 '대출해서 전세를 가든 집을 사든 하자'는 얘기로 알아들었다는 것이다.

우리는 주공임대아파트에서 살고 있었다.

왜 싸워?

●

유치원에 갇혀 있던 아이, 놀이터를 방방 뛰어다
닌다. 엄마는 책을 본다. 아이가 많이 커줘서 책이라도 보고 있
는 것이다. 서너 살 때는 아이의 일거수일투족을 살피느라 신경
만 날카로웠다. 상냥한 미소를 지으며 한 여인이 다가온다.

몇 마디 들어보니 학습지 판매원이다. 엄마는 냉큼 못마땅한
표시를 한다. "관심 없거든요!" 여인은 더욱 상냥한 미소를 지으
면서 말릴 틈도 없이, 조기교육의 중요성을 설파한다. 여인의 말
은 예의 바르지만, '이 조기교육 시대에 일곱 살이나 되는 애를
놀이터에서 대책 없이 놀리고 있는 엄마가 제정신이냐, 당신 같
은 대책 없는 엄마를 위해 이렇게 좋은 학습지가 있다'라는 것처

럼 들렸다. 엄마는 필요 없다고, 내 식대로 알아서 조기교육 할 거라고, 학습지 몇 번 해봤는데 도움 안 되더라고, 제발 귀찮게 하지 말라고, 연신 짜증을 낸다. 그러나 여인 또한 생계를 건 판촉 행위여서 쉽사리 물러설 수가 없다. 여인은 그날 100호도 넘는 아파트의 초인종을 눌렀고, 열 곳도 넘는 놀이터에서 수십 명의 엄마를 만났지만, 아직 한 건의 건수도 올리지 못했다. 팔고야 말겠다는 여인, 절대 살 수 없다는 여인, 점점 언성이 높아진다.

아이가 달려와서 겁먹은 얼굴로 묻는다. "엄마, 왜 싸워?"

컴퓨터 방출

•

　　이삿짐 정리를 며칠 했는데, 기어이 정리되지 않는 게 있었다. 무지막지한 몸무게의 17인치 옛날 모니터. 밖에서 "컴퓨터…… 삽니다! 제 연락처는……" 하고 시끄러운 소리가 들렸다. 전에 살던 아파트에서도 이틀이 멀다 하고 듣던 소리였다. 매미 소리로 알던 그 소리가 문득 반가웠다. 소리가 되뇌는 번호로 연락하니 상인이 득달같이 달려왔다.

　달랑 모니터만 내주기가 송구했다. 노트북 네 대, 데스크톱 하드 한 대, 프린터기 두 대, 스캐너 한 대를 몽땅 내주었다. 그동안 여러 번 이사를 하면서 끝내 버리지 못한 것들이었다. 끝내 버리지 못하고 이때껏 끌어안고 왔다. 상인은 그 고장 난 과거들에 대한 대가로 5천 원을 주었다. 그냥 가져가기가 쑥스러워서 예의상 주는 돈인 듯했다.

아내와 내가 그것들을 마련하기 위해서 들였던 돈은 얼마였을까? 물가 변동까지 고려한다면? 아무튼 지난 20년간의 컴퓨터 생활은 5천 원짜리 한 장으로 요약되었다. 컴퓨터 대방출 10분도 안 되어 아까운 생각이 들었다. 그래도 끌어안고 있을걸. 그 컴퓨터들에 투여한 노력과 시간이 그리워서일까? 어쨌거나 컴퓨터들이 다시 쓸모 있는 저렴한 가격의 뭔가로 재탄생하기를.

예능 프로

•

아이는 애니메이션에 무관심했다. 놀아달라고 졸라대서 귀찮을 때는 "왜 다들 좋아하는 만화를 멀리하는 거야? 제발 테레비나 보란 말이야!" 하고 비교육적인 짜증을 내기도 했지만, 아이에게 시달리지 않고 프로야구 중계를 마음껏 볼 수 있으니 대만족이었다.

그런데 아이가 좋아하는 프로그램이 생겼다. 소위 '예능 프로', 특히 〈1박 2일〉에 매료되어, 아침저녁으로 한두 시간씩, 주말에는 서너 시간씩 몰입한다. 즉 〈1박 2일〉은 놀랍게도 매일, 하루에도 몇 차례씩 케이블방송에서 되풀이되고 있는 거다. 결국 프로야구냐 〈1박 2일〉이냐를 두고 일곱 살짜리랑 채널 쟁탈

전을 벌이는 나날이 되고 말았다. 아내는 "나잇값 좀 해. 애랑 뭐 하는 거야!"라고 지청구인데, 나로서는 나이를 떠나서 아이와 치열한 다툼을 벌이는 고약한 처지에 놓이고 말았다.

"〈1박 2일〉이 재밌는 이유 세 가지만 대봐. 타당하면 아빠가 양보할게."

"웃겨서. 막 먹어대서. 게임을 많이 해서."

하나도 못 댈 줄 알았는데 세 가지를 다 대다니! 하여간 〈1박 2일〉 볼 때처럼 녀석이 유쾌하게 웃어댈 때는 없다. 아내가 또 채널을 다투는 부자에게 소리친다.

"티브이 내다 버리기 전에 조용히 못해!"

티브이에 무관심한 아내가 참 부럽다.

깜찍이

•

냉장고를 열 때마다 분통이 터진다. 쩨쩨하게도 어린이용 음료수 세 병 때문이다(차에도 두 병이 처박혀 있다). 아들 녀석이 제 엄마를 졸라 사다 놓고는 비닐도 안 뜯는 거였다. "왜 안 마셔?" "맛없어." "그럼 왜 샀어?" 그 음료수 꼭대기에 올라앉은 강낭콩만 한 달팽이 인형 때문이란다. 그 인형만 달랑 떼어 갖고는 음료수는 냉장고에 버리다시피 한 거다. 아내는 그걸 사준 죄를 반성할 생각은 않고 "우리 애는 약과야. 몇 개 안 달고 다니는 거라고. 가방에 주렁주렁 매달고 다니는 애들이 수두룩해. 깜찍이 인형 모으느라고 애들이 난리가 났대" 두둔한다.

자고이래 아이들을 상대로 대박 상품을 내는 방법은 간단한 모양이다. 수집 열풍에 빠지게 할 것! 녀석에게 강제로 먹일 수도 없고, 아내도 안 마시겠다고 반항하고, 아까운 생각에 한 병을 따서 마셔보았다. 풍선맛이 났다. 괜히 풍선맛이 난 게 아니라 '풍선껌맛 깜찍이'였다. 음, 인형도 맛도 여러 가지 스타일이 있는가 보구나. 그래야 수집 대상이 될 수 있겠지.

다행히 방학 동안 아이들이 서로 못 보는 사이에 깜찍이 수집 열풍이 사그라진 모양이다. 그러나 분명, 또 무슨 기이한 대박 상품이 나타나 아이들의 영혼을 사로잡을 테다.

배드민턴

•

      가족끼리 즐길 수 있는 놀이는 의외로 드물다. 아이들이 좋아하는 숨바꼭질, 가위바위보, 그림 그리기, 방방이 타기, 모래 놀이 같은 것은 어른을 하품 나오게 한다. 특히 아빠는 그런 사나이답지 않은 놀이를 하자니 미칠 지경이다(올챙이 시절은 다 까먹었다!).

  아빠들이 그나마 할 수 있다 싶은 놀이는 대개 스포츠인데, 스포츠 정도는 되어야 유치하지 않다는 생각이다. 하지만 스포츠는 엄마들을 소외시킨다. 이를테면 축구나 야구를 같이하는 엄마를 찾아보기란 대단히 힘든 일이다. 또한 스포츠는 개인 능력도 문제지만 신체적인 조건의 문제도 커서 아빠 엄마 아이가 동시에 즐겁기가 엔간히 힘들다. 아빠가 찬 공은 너무 센데 아이가 찬 공은 너무 약하고 엄마가 찬 공은 어중간한 거다. 또 스포츠는 장소의 제약을 많이 받는다. 세상은 넓지만 일가족이 다정하게 놀아볼 만한 공간은 그렇게 많지 않다. 그래서 주말이면 가족적으로 놀아보겠다고 유원지나 놀이공원으로 몰려가는 차들이 그렇게 많은 걸까.

그래도 집 가까이에서 할 수 있으며, 아빠 엄마 아이를 두루 만족시키는 스포츠 놀이가 있다면, 바로 배드민턴이다. 아파트 단지 놀이터에서 여러 가족이 배드민턴 하는 것을 보고 있노라면, 저게 바로 '생활 스포츠'라는 생각이 든다.

큐빅 맞추기

●

아이가 "이거 색깔 다 맞게 할 수 있어?" 했을 때, 척척 돌려서 짠 하고, 여섯 면 다 맞춰 보이면 얼마나 자랑스러울까. 겨우 한 면 맞춰 보이고는, "이것도 대단한 실력인 거야!" 능쳤다.

노력하면 옛날 그때만큼 할 수도 있지 않을까. 대학교 시절, '이것 못 맞추면 내가 사람이 아니다!'라는 비루한 각오로 설명서에 적힌 공식대로 부단히 연마하다 보니, 보름 만에 30초 안에 맞출 수 있는 경지에 이른 적이 있었던 거다.

아이에게 멋진 아빠로 보이겠다는 일념으로 도전을 시작했다. 옛날만큼의 지독한 노력은 아니어서 그런지 잘되지가 않았다.

간신히 막판 단계까지는 갔는데, 위쪽 아래쪽 오른쪽 왼쪽이 헷갈려서 마지막 한 면이 기어코 맞춰지지가 않았다. 큐빅 맞추기에 근 이틀을 몽땅 바치고도 못 맞춘 것이 분통하기도 하고, 아빠가 맞출 날만 기다리고 있는 아이에게 민망하기도 해서, 큐빅을 박살내고 싶을 만큼 참담했다. 그러다가 딱 하루만 더 도전해보자 하고, 또 막판 단계에서 헤매던 중, 우연히 한 번 다 맞췄다. "유레카!"를 외쳤다는 철학자처럼 큐빅을 들고 허둥지둥 아이에게 달려갔다.

아이가 우러러보며 말했다. "아빠, 너무 멋졍!" 어찌나 자랑스럽던지. 역시 무슨 일이든 애면글면하면 일말의 성취는 와준다니까.

불량 가게

●

　　　그 초등학교 앞 슈퍼 겸 문방구에서는 놀랍게도 200원짜리 아이스크림을 판다. 처음엔 믿기지가 않아 세 번이나 물어보았다. 정말 200원 맞냐고? 질도 좋으면 불쾌할 이유가 없지만, 정체불명의 설탕 첨가 색소물에 불과했다. 기묘한 싸구려 음식도 팔았다. 그곳의 물총이나 장난감 칼은 어이없을 정도로 저렴한 가격이었고 그 값을 했다. 몇 번 쏘거나 휘두르면 고장 나거나 부러지는 것이었다. 동전 잡아먹는 하마 같은 게임기도 구비되어 있다.

　내가 초등학교 다닐 때랑 달라진 게 없다. 학교 앞 가게가 세계의 축소판인 줄 알았다. 훌륭하신 선생님들이 수십 명 계시는 학교, 바로 콧등에 붙어서, 불량 식품, 불량 장난감, 사행심을 조장하는 뽑기 같은 것으로 충만했던 그곳!

30여 년이 지났는데도 여전한 불량 문화. 누가 문제인 건가. 불량인 것을 알면서도 싼 맛에 사거나 할 수밖에 없는 아이들, 역시 알면서도 아이들 땡깡을 못 이기고 돈을 내주는 우리 부모들, 양심의 가책을 느끼면서도 팔 수밖에 없는 상인들, 이러저러한 이유로 모른 척하는 선생님들, 아니면 단속을 등한시한 교육 당국, 그도 아니라면 학교 제도 자체? 이왕 겪는 멜라민 파동, 학교 앞 가게에서 불량이 싹 사라지는 계기가 되었으면 좋겠다.

변신

•

      갑자기 요통이 몰려왔다. 곧 괜찮아지겠지 하고 아이랑 농구 야구 축구를 했는데 통증이 거세졌다. 서도 앉아도 심지어는 드러누워도 아팠다. 아내는 당장이라도 병원으로 끌고 갈 태세다. 병원 운운하는 소리를 들으니 주삿바늘과 날카로운 침이 떠올라 더 아팠다. 이까짓 거 가지고 어떻게 응급실을 가, 쪽팔리게. 텔레비전으로 버텼다. 눈으로 뭔가 보고 있으니 그나마 아픔이 덜 느껴지는 거였다. 눈알도 한계가 다한 새벽, 뒹굴며 기괴한 소리를 질러댔다. 내가 커다란 벌레 같아서 헛웃음도 나왔다.

    날이 밝자 아내가 진통제를 사 왔다. "이걸로 안 되면 병원 가는 거다. 침을 맞든지." 알약 네 개를 먹고 두어 시간 자고 일어 났더니 아픔이 온데간데없다. 약국 진통제로도 해결되는 아픔 이었다니. 아팠던 열몇 시간이 억울하다. 아내가 나 좀 아프라고 일부러 약 늦게 사다 준 것 같다. 안 아프니까 번데기에서 벗어 난 나비라도 된 것 같다.

하고 보면 벌레였다가 나비였다가 변신은 너무나도 일상적 이다.

샤브샤브

●

외식을 갔다. 나랑 아내랑 단둘이라면 고기 분량
이 많은 걸 먹으러 갔겠지만, 못 먹는 게 많은 아이 때문에 여기
저기 기웃대다가 샤브샤브집에 갔다. 등심 2인분을 시켰는데,
내 눈에는 고기가 너무 적어 보였다. 아이가 고기를 잘 먹어서,
칼국수까지 아주 잘 먹어서 나는 최대한 먹는 속도를 자제했다.
아내가 "더 시켜!" 했지만 "잘 안 먹히네!" 못 먹는 체했다.

아내가 눈치를 채고 "고기 못 먹고 자란 티 좀 내지 마. 샤브샤
브는 고기를 먹자는 게 아니라 야채를 먹자는 거야. 야채 많이 먹
어!" 했다. 아내 말이 옳았다. 야채를 부지런히 건져 먹고 반찬을
싹싹 긁어 먹고 국물까지 다 마셨더니 배가 부르기는 했다. 그래

도 어쩐지 허전했다. 어머니 생신 때 샤브샤브집에 가자고 했더니 아버지가 먹을 것 없다고 극력 반대하던 게 생각이 났다. 아버지의 "먹을 것 없다"는 말이 뭔 말인지를 절실하게 깨달았다.

물론 나도 샤브샤브집에 가본 적이 있다. 무슨 단체가 사주는 거여서 눈치 안 보고 고기만 막 먹었었는데, 이제 생각하니 참 창피한 짓이었다. 단체 돈 담당하시는 분, 야채는 안 먹고 고기만 먹는 공짜 녀석이 얼마나 얄미웠을까. 내 돈으로 2인분만 먹어봐도 알 일을, 여태 몰랐다.

열쇠 빌리기

•

관리 사무소 지하에 탁구장이 있었다. 경비실에 열쇠를 구하러 갈 때마다, 택배 찾으러 갈 때보다 열 배는 위축되었다. 당연한 입주민의 권리를 행사하는 것이지만, 어쨌든 경비실까지 가서 "탁구장 열쇠 빌리러(혹은 가지러) 왔습니다" 하고는 '탁구장사용장부'라는 공책에 동·호수, 이름, 전화번호, 사용 예정 시간까지 적은 뒤 열쇠를 공손히 받아 쥐고 나오는 과정이 매우 불편했다.

감독관처럼 바라보고 계시니, 나는 공공 기관에서 무슨 신청서 쓰는 것처럼 움츠러들었다. 당연한 권리를 행사하는 게 아니라 엄청난 시혜를 받는 느낌이었다. "아들아, 이 나이에 부탁하는 게 얼마나 어려운 일인 줄 아니?" 뭐가 어렵냐고 했던 아들도 경비실에 가는 것을 어려워했다. 열쇠 갖다주기와 빌려 오기를 걸고 탁구를 쳤을 정도로, 다 큰 나나 아직 어린 아들이나 경비실 가기를 저어했다.

아쉬운 소리를 하기 싫어서? 누구에게라도 부탁 말을 하면 내가 한없이 초라하고 비굴해진 느낌이었다. 한마디로 당당하지 못한 것 같았다. 세상에 공짜는 없었다. 나는 돈 대신 열패감을 지불했다. "너도 그런 거니?" "잘은 모르겠지만, 그런 것 같아." "다른 집은 열쇠 빌리기 싫어서 탁구 안 치는 건가 보다." "아빠, 나는 경비실이 교무실 같아."

우리가 이사 가고 몇 달 뒤에, 지하실 이용에 관한 주민 투표가 있었다고 한다. 거의 100퍼센트로 이용자가 없는 탁구장 폐쇄가 결정되었다. 대신 주민 독서 카페가 생겼다고. 내 좀스러운 마음 씀씀이를 변명할 수는 없겠지만, 이용자를 어떤 식으로든 불편하게 하는 곳은 존속하기 어렵다는 것이 증명된 셈이다.

동심이 된 것처럼

•

　　　눈썰매장에 갔다. 이런 데 와서 저렴하다고 느껴
본 적 없다. 줄을 섰다. 이런 데 와서 줄 안 서본 적 없다. 우리 차
례가 왔다. 좀 무서웠다. 보통 경사가 아니잖아. 나이가 드니 겁
만 많아졌다. 은근히 떨리기까지 했다. 창피했다. 미끄러졌다. 5
초쯤? 10초쯤? 암튼 되게 짧은 시간이었다. 뭐랄까, 한 달 묵은
체증이 내려가는 느낌이었다. 그 처음만큼 각별한 쾌감은 없었
지만, 오래 줄 서고 잠깐 타고를 열댓 번이나 반복했다.
　네 안전을 걱정하느라, 네 투정 때문에, 마음 편히 즐기지 못
했던 때도 나름대로 즐거움이 있었다. 네가 좀 크니, 비로소 나
도 즐길 수 있구나. 함께 가되, 너는 너대로 나는 나대로 엄마는

엄마대로 신나는 게 가능해진 시점부터.

　너를 위한다고 갔지만 사실은 내가 더 즐겼다. 네 덕분에 가본 곳들이 참 많다. 스케이트장, 놀이공원, 물놀이랜드, 눈썰매장…… 이런 데는 네가 가자고 하지 않았으면 결코 가지 않았을 곳이다. 주말 교통 체증, 끔찍한 줄 서기, 비싼 돈! 거길 왜 간단 말이냐. 어른이 그런 유치한 놀이를 어떻게 해. 네 덕분에 경험할 수 있었다. 동심이 된 것처럼 재미있었다. 몸에 찌든 위선과 허세와 눈치를 무장해제하고 천진난만한 기쁨을 누렸다.

　가족끼리가 아니면 갈 수 없는 곳이 또 어디 있을까. 교통 체증이 있고 줄을 서야 하고 돈 아까운 줄 몰라야 하는 그런 곳. 아직까지는 같이 놀러 다녀주는 네가 참말로 고맙다. 늦기 전에 한 곳이라도 더 가봐야 할 텐데. 아빠는 너랑 유치하게 놀고 싶다! 그게 집에서는 왜 안 되는 걸까!

더불어 노는 재미

•

함께 놀아도 놀이가 성립되지 않는 경우가 있다. 힘이나 돈이나 지위로 대장이나 두목이 딱 정해져 있고, 그 사람이 독판칠 때. 권력 가지신 분 혼자 노는 것일 뿐, 휘하는 노동하거나 고문 받는 것일 뿐이다.

동등하고 공평한 심신 조건으로, 정한 규칙을 준수하며, 서로 배려하고 존중할 때, 적어도 '함께 노는' 것이다. 함께 노는 거, 대단히 어렵다.

아이들은 아직 규칙에 대해서 명확히 모른다. 아빠한테 들었다, 책에서 봤다, 선생님이 그랬다, 뭘 하든, 규칙 세우는 데 오랜 시간이 걸린다. 겨우 놀이를 시작했다 해도, 변수가 발생할 때마다 티격태격한다. 몇이 대단히 감정이 상하면 그걸로 놀이는 끝이다. 놀이하는 시간보다 말싸움 감정 싸움 하는 시간이 더 길다.

어른들도 별다르지 않다. 수십 년간 잡기를 연마해왔다는 이들이, 노는 도중 사소한 '룰'을 갖고 얼굴 붉히며 으르렁댄다. 아이들이 고집스럽게 굽히지 않는 것은 자기 생각이 무조건 맞는다는 확신 때문일 테다. 엄마가 선생님이 그랬으니까, 책에 써 있으니까! 어른들도 마찬가지다. 살 만큼 살았고 경험할 만큼 경험한 바에서 우러나오는 개똥철학이다, 무조건 내가 맞다! 말싸움에서 지면 마치 자기 인생 자체가 의미 없어진다는 강박관념을 가진 귀여운 분들도 계시다.

함께 노는 것은 소통이다. 얼굴을 맞대고 다른 생각 다른 감정이 가능하다는 것을 확인하고 이해해보려는 노력이다. (폭력 없는) '칼로 물 베기'를 즐기는 부부는 적어도 소통은 하고 사는 것일 테다. 지나고 보면 놀 때의 불협화음이 재미로 기억되지 않는가.

가시와 취미

•

언젠가부터 생선 먹기가 귀찮아졌다. 생선이 상에 놓이면, 종일 학교에서 공부하고 저녁에 학원 가는 학생의 심정이 되었다. 내가 생선을 좋아하기는 하는 모양이다. 힘들어하면서도 있는 대로, 주는 대로 꾸역꾸역 발라 먹으니. 하지만 옛날처럼 즐거운 기분이 아니었다. 없어서 못 먹던 시절에는 생선 바르는 게 굉장히 신났다. 요새는 가시 바르는 게 '삽질(의미 없는 노동)' 같다. 게다가 열심히 바르지 않아서인지 어릴 때처럼 자꾸 목에 걸렸다.

발라줄 거 아니면 주지를 마세요! 투정 부리면, 아내가 직접 발라줄 때가 있다. 지켜보기 힘들다. 가시만 버려야지 살까지 다

버리네. 아까워라, 아까워라! 보다 못해 직접 바르게 되는 것이다. 내가 다른 건 몰라도 생선 먹는 거 하나는 우쭐대며 살아왔다. 나만큼 알뜰히 먹는 사람 있으면 나와보라고 그래. 뛰는 자 위에 나는 자는 어디에나 있었다. 함께 옥돔 구이를 먹게 되었는데, 그분이 가시만 하얗게 남도록 쪽쪽 발라 먹으면서, 내가 아내를 나무랐던 것처럼 지적하는 것이었다. 너무 성의 없이 먹는다. 생선에 대한 예의가 없다. 겸허해지고 말았다. 생선 좀 먹을 줄 아는 사나이라는 자부심을 상실하기는 했지만, 간만에 경이감을 맛보았다.

견강부회하자면, 취미라는 것도 생선 같은 면이 있다. 가시가 많은 줄도 모르고 덥석 삼키려고 든다. 가시에도 불구하고 맛이나 하는(바르는) 재미에 매혹되어 사랑하게 된다. 열정의 단계를 지나면 여러 핑계로 시들해진다. 열심히 한 게 아까워서 쉬이 버리지는 못한다. 내가 도달했던 성취보다 발전된 성취와 조우하면 경탄한다. 노력한 만큼 뭔가가 남아 있다. 무엇이든 하게 되었다면 열심히 하고 볼 일이다.

어머니는 야담가

•

　　시니 소설이니 수필이니 이름 붙이기가 애매한 잡
스러운 얘기들. 하지만 뭔가 있는 듯한. 가슴을 울리거나, 머리
를 한 대 맞은 것 같거나, 낄낄대고 싶거나, 통쾌하거나, 애틋하
거나, 뭉클하거나…… 그런 소소한 얘기들을 야담이라고 하자.
　　지금도 타고난 야담가들이 있다. 어느 조직이나 꼭 한두 명은
있다. 한 사람이 없어지면 다른 누가 나타나 좌중의 이목을 붙들
고 동료의 이성과 감성을 들었다 놓는 이야기꾼을 자처하기 마
련이다. 말 많고 시끄럽다고 안 좋은 평판을 들을 수도 있겠다.
허나 그 야담가가 없을 때 얼마나 무료한가를 생각해보면 새삼
소중하고 오롯한 존재일 테다.

아버지는 무뚝뚝하고 어머니는 잔소리가 심하고, 이렇지 않은 가정이 얼마나 될까? 우리나라 가정은 대개, 어머니가 야담가 역할을 맡으셨다. 어머니가 들려준 이야기는 피와 살로 남아 흐른다. 어머니와의 통화는 몇 마디에도 전율의 연속이다. 어머니 얘기가 훌륭하기도 하겠지만, 자식이 온몸으로 듣기 때문이다. 어머니가 대수롭지 않은 얘기를 해도 무조건 감동할 자세가 되어 있는 자식에게는 감동의 파노라마다.

다른 이들의 이야기에 늘 시큰둥한 이도, 제 어머니의 별별 이야기에 환호작약하는 것은 사랑 때문이다. 자식들이 어머니를 그리워하는 마음이 어머니를 최고의 이야기꾼으로 만들었다. 사랑하면 동물과 사물과 자연과 대화할 수 있다. 우주의 이야기를 들을 수도 있다. 우주를 어머니라고 생각하면 뭐라도 듣지 않고는 못 배길 테니까.

찜질방

•

남녀노소가 서너 가지 색깔, 똑같은 옷을 입는다. 제복이 아니다! 집에서 편하게 입는 반바지나 티셔츠에 비해, 엄청 싸구려고 멋없다. 옷은 현대인의 표상과 같다. 옷은 그의 경제력, 직업, 계급, 스타일 등등을 나타낸다. 그곳에서 옷은 아무 의미가 없다. 알몸뚱이를 가리기 위한 나뭇잎 같은 것에 불과하다.

사람들은 그 얼마나 '우리만의 공간'을 갈구하는가. 나 혼자만의 방, 우리 가족만이 오순도순할 수 있는 집. 그곳은 집을 외면한 사람들이 모여 있다. 들어가기 싫어서? 편치 않아서? 미진한 친목 도모를 다질 곳이 따로 없어서? 심지어 가족끼리 탈출

나온 경우도 많다. 집 놔두고 도대체 왜? 집보다 좋고 편한 무언가가 있다는 얘기다. 거리 한복판에 있는 듯하고, 무엇보다 잠을 잘 수가 없고, 첫 경험자인 우리 가족은 무척 괴로웠다. 한데 사람들은 몹시 안녕해 보였다. 지하철에서 스마트폰 할 때처럼 다들 자유로웠고, 제 집 안방처럼 편안히 주무셨다.

주부들의 공통된 소원이 밥 안 하기다. 주부의 노고가 깃들어서 불편한 밥을 먹고 싶지 않을 때가 많다. 허나 가족끼리 외식하는 것도 보통 일이 아니다. 그곳은 먹는 문제도 천편일률적으로 해결해준다. 게다가 감정 파탄의 원흉 술만은 안 판다!

우리는 보다 나은 집과 옷과 음식을 쟁취하려고 살아간다. 그곳은 의식주를 가장 낮은 수준으로 통일한 사람들이, 아무렇지도 않게, 마치 원시시대 동굴 사람들처럼 평화롭다. 치열하게 싸우던 이들의, 다 벗어던진 휴식 같은 평안이 넘쳐흐르는 듯하다. 모두가 뭔가를 찜질 중이다.

바둑 가르치기

●

　　아들이 바둑을 가르쳐달라고 했다. 내 교육은 엉
망이었다. 화점, 단수, 축, 집, 패······ 설명하는데, 나도 내가 무
슨 소리를 하는 건지 알 수가 없었다.

　"이론을 철저히 습득한 뒤 실전에 들어가는 것은 드문 일이다.
거의 모든 것이 실전을 통해 전수되고 습득되는 법이야. 나 역시
바둑을 그렇게 배웠어. 선배들이 바둑 두는 것을 지켜보다가 대
충 감을 잡고 몇 판 둬보고 이렇게 두는 거구나 깨닫고 실전을
거듭하며 바둑의 기묘함에 다가갔지. 그러니까 이론은 접고 무
조건 둬보도록 하자." 바둑을 고스톱 가르치듯이 한 거다.

　내가 바둑을 배운 것은 스무 살 때였다. 내가 스무 살 때 그러

했듯이, 아들도 10여 판 만에 대충 감 잡기를 바랐지만 터무니없는 욕심이었다. 집의 개념도 확실히 이해하지 못한 아이하고 바둑을 두는 것은, 집도 없이 헤매던 이십 대처럼 갑갑했다. 다행히 아들은 "재미없네" 하고는 배움을 포기해주었다.

십 대에 프로가 되는 바둑 천재들 말고 보통 학생의 경우에, 바둑을 배운다는 것은 쉬운 일이 아니다. 일단 배우려는 의지든, 간절함이든 진지한 마음가짐이 필요하다. 스마트폰 검색으로 축적한 바둑 지식은 전혀 도움이 되지 않는다. 배운다는 것이 단순히 두는 법을 안다는 것이 아니라, 즐길 줄 안다는 것을 뜻한다면 더더욱 어렵다. 어떤 부모가 바둑에 푹 빠진 자식을 감당할 수 있겠는가. 제대로 배우고 즐기려면 최소한 부모님으로부터 자유로운 상황이 필요하다.

아무튼 아들에게 바둑도 가르치지 못하는 아빠가 되었으니 자존심이 상했다. 아들이 위로해주었다. "너무 부끄러워 마세요. 알파고도 가르치는 건 못할 거예요."

불안 속의 평균

•

　　지금도 별다를 바 없겠으나, 예전 부모님은 자식이 예술 한다고 하면 말리셨다. 한마디로 '먹고살기 어렵다'는 것이었다. 도무지 돈을 벌 수 있는 직업이 아닌 듯하고, 벌어봤자 입에 풀칠이나 하겠냐는 당연한 걱정이었다. 부모님 말이 틀릴 때도 많지만 맞을 때도 많다. 특히 예술 하겠다는 자식에 대한 경고는 정답이다.

　예술은 전형적인 승자 독식 체계다. 극소수가 모든 것을 다 누린다. 소수가 조금 누린다. 대다수가 근근이 먹고산다. 가장 하찮은 예술가도 부러움을 살 때가 있다. "그래도 너는 하고 싶은 것을 하고 살잖아." 차라리 프로가 되지 못하고 고급 아마추어에 머물렀다면 다른 생계 방편을 가지고 취미로 우아하게 즐길 수도 있었다. 하고 싶은 것을 직업으로 삼을 수 있었기에, '불안 속의 평균'을 친구 삼게 되었다.

아내는 가계부를 쓰지 않는다. 쓸 수가 없기 때문이다. 내 수입은 말 그대로 불안정의 극치다. 모든 행운이 다 몰려오는 듯 쏟아져 들어올 때가 아주 어쩌다가 있고, 모든 불운이 한꺼번에 임한 듯 전혀 안 들어올 때도 간혹 있고, 대개는 널뛰기하듯 종잡을 수가 없다. 수입의 평균이 있어야 지출의 평균도 계획 잡을 수가 있을 텐데, 늘 오리무중에서 헤매고 이쪽 괸 돌 뽑아서 저쪽 막는 형국이다. 한마디로 늘 불안하다. 불안 속에서 평균을 유지하는 것은 공중 곡예사의 줄타기처럼 아슬아슬하다.

예술가가 독특했던 것은 대개 정규직이었던 시대에 드물게 비정규직이었기 때문이다. 세상이 모든 사람을 예술가로 만들려는 모양이다. '불안 속의 평균 유지하기'라는 가계 예술의 달인으로.

참는다는 것

●

국민체육센터에 갔다. 비어서 입장했더니 누가 와서 가로막았다. "우리 동호회가 열 테이블 잡아놓고 치고 있었어요! 잠깐 쉬는 건데……" 하는 것이다. 아들 앞에서 무력하게 물러 나왔다. 괜히 표 받는 분께 "여기는 동호회만 치나요? 표값 돌려주세요!" 억지나 부렸다.

동호회 아저씨랑 여기 전세 내셨느냐 어쩌고저쩌고하면서 한 판 뜨고 오지 않은 게 후회돼서 잠을 못 잤다. 탁구를 못 쳐서 억울하고 분한 게 아니라, 아들 앞에서 말 한마디 못 해보고 그냥 쫓겨나고 마는 힘없는 아빠의 모습을 보여준 것이 견딜 수 없었다. 놀랍게도 열흘 동안이나 그 일이 계속 생각났고 머리가 아프도록 분했다. 내 잔다란 마음의 끝장을 보았다.

위안이 되는 것은, 나만 그런 게 아니라는 것이겠다. 프로급 동호회 여러분께 속상했던 아마추어 가족이 많았고 그분들도 나만큼이나 오랫동안 화를 못 풀었다는 것이다. 동호회분들은 아마추어들이 그런 사소한 일로 왜 타격받는지 잘 모를 것이다.

대개 가족과 왔기 때문이다. 한 달에 두어 번, 어쩌면 1년에 딱 한 번 가족끼리 (운동이라기보다) 놀러 왔는데 그렇게 밀려나면 쫓겨났다고 생각할 수밖에 없다. 게다가 가장은 권위를 실추당했다고 자괴할 수밖에 없다. 누구의 잘못도 아니다. 하필이면 동호회가 날 잡은 날 그 가족이 갔다는 게 문제일 뿐이다(동호회 회합이 없을 때 국민체육센터는 거의 여유롭다).

사실, 나약한 가장은 참음을 실천한 것인지도 모른다. 누가 아직도 억울해하고 있다면, 그때 참은 것을 자랑하는구나 귀엽게 보아주자.

진짜 꿈

●

       중2 아들이 공무원이 꿈이란다. 희망직업란에도 그렇게 적었단다. 나는 공무원이 되려고 생각조차 해보지 않은 것이 억울하고 분할 만큼, 다시 스무 살로 돌아갈 수 있다면 꼭 공무원 시험을 준비하겠다는 다짐을 할 만큼, 불안정한 생활에 지쳐, 공무원 같은 안정적인 직업을 선망하는 사람이다. 불구하고 조금도 기쁘지가 않았다. 괜히 서글펐다. 아빠가 근근이 살아가는 형편이라, 아들의 꿈이 소박하기 이를 데 없는 것이라는 자격지심 때문일 테다. 자식의 꿈마저 부모의 재력과 정비례하는 세상이잖은가.

  '노벨문학상 수상 작가'나 '대통령'처럼 어마어마한 미래까지는 아니더라도, '돈키호테 같은' 구석이 느껴지는 꿈을 꾸어야 마땅한 청소년기 아니냔 말이다. 물론 나처럼 중2 때부터 '배고픈 직업'을 꿈꾸지 않는 것은 정말 고마웠다.

그다지 이루기가 험난하지 않은, 사람과 조직에 지나치게 얽매이지 않는, 남 보기에 멋있고 괜찮은, 돈도 많이는 아니더라도 모자라지 않게 버는, 결혼하고 애 낳는 데 지장이 없는, 개성과 품위가 느껴지는, 그런 직업을 꿈꾸면 좀 좋아. 한바탕 개꿈이다. 그런 직업이 있을 리가 없으니.

어른이 되면 습관적으로 아이에게 꿈을 강요한다. 하면서 아이가 어떤 꿈을 가져도 걱정스러워한다. 아이는 부모님을 만족시킬 만한 꿈을 찾아 헤맨다. 아잇적에, 청소년기에 확고한 꿈을 갖는 이들도 있기는 하다. 일반적으로 서서히 꿈을 찾아간다. 지피지기하는 데 시간이 걸리는 게 당연하건만. 아이가 진짜 꿈을 꿀 때 든든한 뒷배가 되어주고 싶다. 심적 뒷배는 자신 있는데, 물적 뒷배가 돼줄 수 있을는지.

덜 미안해할게! 덜 고마워할게!

●

고추 심던 날, 당신은 너무 빛났어. 시아버지와 시어머니 사이에서 해맑은 얼굴로 고추 모종을 꽂고 흙을 그러덮는 당신의 천진난만한 모습! 영화나 텔레비전에 나오는 어떤 여배우보다도 밝았어. 시어머니에게 스스럼없이 묻고 종알대는 당신의 목소리는 새소리보다 듣기 좋았어. 시어머니 말을 성의 있게 들어주는 당신의 귀는 어떤 꽃잎보다도 탐났어. 고향을 찾을 때마다 '부모님, 우리는 아주 잘살고 있습니다! 아무 걱정하지 마셔요!' 연기를 끝내주게 잘하는 당신은 명배우야. 생활 연기의 빛나는 달인이야.

한밤중에 당신이 끙끙대는 소리를 들으면, 비명 섞인 잠꼬대를 들으면, 가슴이 아린다. 결혼하기 전에 당신에게 호언장담했던 말들! 뭘 믿고 그런 빛나는 미래를 떠들었을까. 내가 약속했던 미래와 너무 동떨어진 하루하루를 살아가는 당신. 로또 같은 거 아니고는 인생 역전도 바랄 수가 없는 결혼 18년차, 공허한 말뿐일지라도 뭔가 희망찬 앞날을 떠들 수조차 없게 되고 보니, 나는 그저 당신의 아픈 소리를 저리게 견딜 뿐이야.

미안하다는 말, 이 말이 어려워서 거의 안 하고 못하고 사는 부부도 많다던데, 우리는 미안하다는 말을 입에 달고 살지. 당신은 어떤지 몰라도 나는 늘 진심이었어. 늘 미안했어. 결혼하는 날부터 미안했어. 당신이 해준 밥 먹을 때마다 미안해서 목이 메어. 그러니 알게 되었지. 미안하다는 말이 얼마나 덧없는 것인지. 미안할 일을 하지 말아야지. 미안할 상황을 만들지 말아야지. 미안할 일을 저질러놓고, 미안할 상황에 던져놓고, 미안하다는 말이 무슨 소용이냐고. 오죽하면 당신이 제일 잘하는 말이 "제발, 미안하단 말 좀 하지 마!"겠어. 그런데 앞으로가 더 미안해. 미안해서 당신이랑 어떻게 살아가야 할지 막막해.

고맙다는 말도 나는 너무 자주 하고 살았지. 당신은 너무 자주 들어서 진심이 아닐 때가 대부분이라고 믿는 듯하지만, 나는 거의 진심이었어. 당신은 사사건건 내가 얼마나 고마워하는 줄 모를 거야. 근데 그게 문제인 것 같아. 내가 늘 고마워한다는 것은 당신이 늘 나를 위해 희생하고 있다는 거잖아. 우리가 원했던 결혼 생활은 1+1이 2나 3이 되는 거지, 1이 되는 것은 아니었잖아. 아무리 생각해도 당신에게는 마이너스였던 것 같아.

내가 당신에게 제일 미안하고 고마운 달이 5월이야. 뭔 날이 그렇게 많니. 다 같이 강녕하고 즐거워야 가정의 달인 거지, 누구 한 사람의 희생으로 이뤄지는 거라면 그게 무슨 의미가 있을까. 우리가 함께한 열여덟 번의 5월, 당신은 얼마나 걱정하고 마음 졸이고 괴롭고 후유증에 시달렸을까. 하지만 연기든 진심이든 당신이 베풀어준 미소 때문에 우리의 5월은 늘 빛났어.

당신에게 편지를 쓰려고 하려니 너무 많은 일들이 떠올라. 하나같이 미안하고 고마운 일들. 미안하고 고마운 것이 구분이 안 되는 구체적 사건들이 끝없이 떠올라. 어느 하나를 얘기할 수가 없어. 죄스럽고 감사한 일들이 저 하늘의 별처럼 많았어. 당신이 내일 당장 나를 떠난대도 할 말이 없을 것 같아. 미안하고 고마워. 그나마 내가 할 수 있는 약속은 이것뿐이네. 덜 미안해할게! 덜 고마워할게!

2부

괴력난신과 더불어

괴력난신

●

공자님은 '괴이한 일〔怪〕, 이상한 힘〔力〕, 인륜을 어지럽히는 일〔亂〕, 귀신에 대한 일〔神〕' 등 '이성적으로 설명하기 어려운 불가사의한 존재나 현상'에 대해서는 말하지 않았단다. 우리는 공자님이 까무러칠 정도로, 극심한 괴력난신의 나날을 보내고 있다.

'입장 바꿔 생각해보기'를 시도해봐도 도저히 이해가 안 되는 일이 부지기수다. 조금만 각도를 달리해서 보면 '세상에 이런 일이' 천지다. 괴력난신의 파노라마다. 미디어와 사이버 세상은 괴력난신 공작소 같다. 하기는 나부터가 이해할 수 없는 행동과 잡생각으로 점철된 괴력난신 덩어리다.

그러나 모르는 게 약이라고 수수방관하기보다는, 아는 게 힘이라 믿고, 이래저래 경험하고 다각도로 생각해보는 게 그래도 즐겁게 사는 방법인 것 같다. 공자님도 딴청을 부렸을 뿐 결국 그 말씀들은 죄 괴력난신을 가능한 줄여보자는 소리 아니었나.

사실 내가 '괴력난신'을 외치며 생각하기를 포기한 문제들 중, 절반 이상은 나의 노력에 따라서 이성적 설명과 판단이 가능했을 것이다. 내가 지레 겁먹어서 혹은 게을러서 대충 쳐다보고 만 것이다. 사람은 평생 공부해야 한다는 말이 별말이 아니라, 괴력난신에 저항하라는 말이지 싶다.

일하라고 가난한 겨

●

　　　　　　원래 가난한 자는 많고 부자는 드물어서 그런지도
모르겠지만, 나의 인연들은 가난하다는 공통점을 지니고 있다.
　나는 가난한 집에서 태어나 가난한 마을, 가난한 고을에서 성
장했고, 가난한 도시에서 가난한 집 출신들만 우글거리는 대학
을 다녔다. 또 가난한 군대에서 복무했고, 가난한 직장을 다녔으
며, 현재는 가장 가난한 사람들이 모인 것으로 정평이 나 있는
동네, 즉 '문단'에서 영위하고 있다. 온통 가난하기만 한 데에서
만 살아왔으니, 만난 사람들도 순 가난뱅이들일 수밖에 없었던
것이다.
　그런데 나의 가난뱅이 인연들은 몇몇을 제외하고는 모두가 최

선을 다해 아주 열심히 일하는 사람들이다. 그럼에도 불구하고 그들은 계속 가난하다. 물론 자신들이 스스로는 중산층이라고 착각할 만큼은 성공을 거둔 사람들도 많다. 하지만 그들의 성공 수준이란 고작 '먹고 자고 가르치는 문제를 해결할 수 있는 상태'에 불과한 것이었다. 부자들이 한번 요란한 소리를 내면 바로 허물어질지도 모르는 아주 위태로운 평안이다.

'하면 된다', '꿈은 이뤄진다' 등등의 말에 필적할 만큼, 커다란, 미래가 보장된 성공을 거둔 사람은, 가뭄에 콩 난 것만큼도 만나기가 어려웠다. 최선을 다하는 삶이란, 실상 가도 가도 제자리이기 십상이었던 것이다.

나는 정말 모르겠다. 왜 위대한 생활인들이 늘 가난한 것인지. 분하고 서럽다.

그날 술자리의 화제가 우연히 '가난한 사람들'에 닿았다. 나는 마치 나만의 화두라도 된다는 듯, 결국 아무런 대책이 없는, 그저 비관적인 사념에 불과한, 위의 생각들을 게거품에 말아서 토해내고 있었다.

술자리에 대해서 아주 좋게 말한다면, 인생철학을 담은 경구가 속출하는 자리다. 술 깨고 나면 전혀 생각 안 나기가 십상이지만, 그 술자리에서만큼은 인생의 화두 하나를 깨우쳤구나, 하고 기뻐하게 만드는 말이 속출한다.

그래서 나는 술자리(특히 소설로 자기 인생을 쓰면 열몇 권은 그냥 나오신다고 자부하는 분들이 수없이 거쳐간 그런 술집)를 아주 오래도록 주관해온 분들이야말로 가장 내공 깊은 철학자가 아닐까 생각한 적이 많다.

팔순이 넘은, 인생 내공이 엄청나 보이는 주인 할머니가 주꾸미 안주를 내려놓으며 말했다. "일하라고 가난한 겨!" 순간 나는, 내가 그토록 오랫동안 품어왔던 수수께끼가 풀리는 느낌을 받았다. 그래, 사람으로 태어난 이상 죽을 때까지 열심히 뭔가를 (일을) 해야 하는 것이다. 그래야 살았다고 말할 수 있는 것이다! 뭐, 이런 생각들이 머릿속 이쪽저쪽에서 폭죽 터지듯 했다.

물론 술 깨서는, "역시 그거, 하나 마나 한 숙명론적 발상인데……" 하고, 입맛을 다셨다.

하지만 그럼에도 불구하고 평생 노력했지만 평생 가난한 사람들에게 큰 위로가 되어줄 말이 아닐까, 싶었다. 어쨌든 평생 애면글면해도 평생 가난한 사람들이 있다. 아니, 더 많다. 거의 모든 사람이 최선을 다해 평생을 살지만, 그저 먹고 가르치는 수준에 도달할 뿐이다.

그리고 나 역시 어쨌든 열심히 일할 수밖에 없는 것이다. 열심히 일하지 않는다면 대체 무슨 재미로 산단 말인가. 그러나 아무리 열심히 일해도 제자리에서 맴맴 돌 게 거의 분명하다. 하지만 일하는 자체에 초점을 맞춘다면, 그래, 열심히 일한다는 자체가 의미 있는 거야, 가난과 성공은 열심히 일하고 난 뒤의 문제지.

이후로 그 주꾸미집 할머니의 '일하라고 가난한 겨'라는 말만 떠올리면, 내가 성공과 가난을 따질 만한 나이가 되었을 때, '나는 평생 일하기 위해서 가난했던 거야'라고 회고해도 크게 억울하지는 않을 것 같은 기분이 들면서, 썩 유쾌해지는 거였다.

노가다와 삼계탕

●

　　노가다를 나갔는데 배 속이 말썽을 부리기 시작했다. 그날 새벽 네 시까지 술을 마셨다. 사실은 노가다를 안 나갈 생각으로 과음을 했다. 그런데 그렇게 마시고도 잠이 안 오는 터라 전전반측하다가 여섯 시 어름이 되자, 그래 놀면 뭐 하냐, 한 푼이라도 더 벌자, 하고 일을 나왔던 것이다. 그예 설사가 시작되었다. 두 번까지는 화장실에 다녀왔지만 또 가기가 저어되어 새참 때까지 버텨보려고 안간힘을 쓰던 중, 싸고 말았다. 그놈의 설사는 멈출 줄을 몰랐고, 그냥 계속 쌀 수밖에 없었다. 다행이라면 는개가 내리고 있어 옷이 대강 젖은 터라 싼 표시가 안 났다는 것이다. 점심때 이동식 화장실로 들어가 바지를 벗었다. 똥

걸레 된 팬티를 벗어서 변기 안에 던져 넣었다. 그러고는 주저앉아 실컷 웃었다.

아무튼 5만 4천 원을 벌었고, 간만에 어느 술집에 갔는데 아줌마가 말했다. "이게 외상 장부다. 그래, 활짝꽃은 잘 있니?" "안 만난 지 오래됐어요." "저런, 헤어졌구나. 너희 젊은것들은 만나기도 잘하고 헤어지기도 잘하더라. 개가 졸업한 지 한 3년 됐지?" "그럴 거예요." "글쎄, 그 착한 애도 외상이 있구나. 잊어버리고 있을 게야. 개가 외상 떼먹을 애가 아니잖니? 참 착한 앤대, 그럴 애가 아닌데." "그럼요. 아마 잊어버렸을 거예요." "근데 말이다. 그때 개가 왜 외상을 했는지 아니?" "글쎄요?" "이 녀석 기억력하고는. 너 휴가 나올 때 삼계탕 먹었잖아. 개가 너 몸보신 시켜준 거였다고."

그럴 일이 있었을 법했다. 활짝꽃은 내가 휴가나 외박을 나오면 제 주머니를 탈탈 털어서 고기를 먹여주었다. 그러다 보면 외상도 지었을 것이다. 씨, 아줌마는 괜히 활짝꽃을 생각나게 해. "아줌마, 활짝꽃 외상값이 얼만데요?" 나는 종일 똥 싸며 번 일당을 호기롭게 꺼내놓고 말했다. "혹시 남으면, 삼계탕 한 마리 삶아주세유." 나는 활짝꽃을 그리워하면서 자꾸만 웃었다.

수캐

●

　　어느 한적한 절에서 기막힌 수캐를 만난 적이 있다. 수캐가 나를 보더니 눈깔을 빛냈다. 아주 크고 잘생긴 개였다. 절밥을 먹는 개이니 짐승이라도 성불이 깃들어 있으려니 하고 별로 겁을 내지 않았다. 그런데 단둘이 있게 됐을 때, 개가 나를 향해 달려들었다. 몹시 가까운 거리였고, 당황해서 얼어붙었다. 개의 두 앞발이 내 양어깨로 올라왔다. 개의 선키는 나랑 거의 비슷했다. 물려 죽었구나, 했는데, 아니 이럴 수가, 개가 허리를 마구 흔들어대는 것이었다. 이것이 나를 암캐로 알았나 보다. 수캐가 만족할 때까지 나는 공포의 시간을 보내야만 했다.

　사람이 수캐와 다른 것은 참고 가릴 줄 알기 때문이다. 하지만 사람들 중에도 수캐 같은 자들이 있다. 이를테면 제자인 여학생 선수에게 낮에는 교육이란 기치 아래 체벌하고, 밤에는 갖은 성폭행을 가한 몇몇 지도자들.

미국인은 남자는 언제나 수캐로 돌변할 수가 있다고 보는 모양이다. 남자 코치와 미성년자 여자 선수가 단둘이 있는 일을 아예 제도적으로 금지하고 있다니. 영어만 배울 게 아니라, 그런 제도도 배워야 할 것 같다. 그러나 제도적 장치로는 우발사고들을 확실히 막아낼 수가 없다.

남자들은 항상 경계하자. 마음 한구석에 숨어 있는 수캐가 깨어나지 않도록.

도배값

•

　　2년 10개월 동안 주공임대아파트에 살았던 적이 있다. 딱 두 군데, 수첩만 한 크기로 벽지가 훼손되었다. 짯짯이 살펴보던 관리 사무소 직원들은 예리하게 발견하고 민첩하게 종이를 떼어냈다. 한 사람은 찢어진 벽지 아래 '거실 벽지 훼손'이라고 쓴 화이트보드를 댔고, 또 한 사람은 카메라 버튼을 찰칵찰칵 눌러댔다. 보상을 해야 한다는 거였다. 찢어진 부위에 표 나지 않게 도배를 해놓겠다고 했지만 소용없었다.

　그들은 거실 전체를 다 도배해야 한다고 엄포를 놓았다. 수명을 다한 형광등 한 개도 사다 놓고 가라고 했다. 이삿날, 보증금 가운데 100만 원을 떼였다. 도배값으로 일단 100만 원을 차감당한 거였다. 임대아파트 주인인 '주택공사'에 전화를 걸었다. "세상에 어떤 집주인이, 이사 나가는 세입자에게 도배값을 물린대요?" 힘없는 서민이 어찌 주택공사 직원 말발을 감당하리요. 울분만 쌓였다.

이사 후 무려 47일 만에 도배값 30여 만원을 떼인 금액이 환불되었다. 임대아파트 월세 계약서를 꼼꼼히 들여다보았다. 고의에 의한, 중대한 시설물 훼손인 경우에 입주자는 원상복구해야 한다는 문구가 씌어 있기는 했다. 손바닥 반만 한 크기의, 애키우다 보면 불가피한 벽지 훼손, 그게 그렇게, 고의에 의한, 중대한 시설물 훼손인가? 주공임대 살았던 게 죄다!

바쁜 소년

●

엘리베이터에서 낯익은 소년을 만났다. 4학년이
라고 했었다. 배드민턴과 야구를 함께했던 아이다. 아주 많은 이
들이 다닥다닥 붙어사는 아파트 단지, 하지만 어린이들 만나기
가 어렵다. 어쩌다 만난 아이들도 연신 시계를 보고 있다가 얼마
놀지도 않은 것 같은데 황급히 학원인지 집인지로 뛰어간다. 고
집불통이며 말버릇도 안 좋은 내 아이에게 친형처럼 놀아줘서
고맙게 생각하던 소년이었다.

소년이 인사하기에 "요새는 잘 안 보이네?" 했다. 소년이 한
숨 쉬듯 대답했다. "바빠서요." "학원 다니느라고?" "예. 요샌 기
말고사 준비하느라고 정신없어요." "그래, 힘들겠다." 그런데 소

년이 문득 뇌까린다. "다시 태어났으면 좋겠어요!" 열두 살 먹은 소년 입에서 나왔다고 믿기 어려운 말인지라, 어안이 벙벙했다. "뭐라고?" "다시 태어났으면 좋겠다고요!" 너무나도 익숙한 말이지만, 참 낯설게 들렸다.

뭐라고 대꾸할 말을 찾을 수가 없어 허허 웃고 말았는데, 소년이 먼저 내리면서 못을 박듯 한다. "정말이지 다시 태어나는 수밖에 없는 것 같아요!" 소년이 엄살 부리는 것만 같지는 않다. 얼마나 벅찬 나날을 보내고 있으면 저런 말이 아무렇지 않게 나올까. 어린이들은 다시 태어나고 싶을 정도로 삭막한 거다.

넉넉했던

●

스무 살 적에 혼자 여행을 다니다가 돈이 떨어졌다. 해변 도시 터미널에서, 될 대라 되라는 심정으로 아침 버스에 올라탔다. 표를 대관령 넘어 바로 있는 고장까지밖에 끊지 못했다. 그 고장에서 내리지 않고 모른 척, 서울까지 갈 작정이었다. 기사님을 깔본 생각이었다. 두 고장을 더 가서 뭔가 이상하다고 눈치챈 기사님께 딱 걸렸고 결정적인 순간을 맞게 되었다. "돈이 없으면 없다고 하지, 속이면 되나?" "지금이라도 내리겠습니다." "됐어, 그냥 타고 가." 만약 그때 기사님이 야박하게 굴어 나를 경찰에 넘겼거나, 심한 모욕을 주었다면, 잘못을 하긴했지만, 상처도 컸을 테다. 그런데 기사님은 나를 관대하게 용서

했을 뿐만 아니라, 목적지까지 내처 가도록 인정을 베풀었다.

게다가 내 옆자리 있던 아주머니가, 서울 가서는 차비가 있느냐고 묻더니, 당시로서는 쓸 게 많았던 5천 원짜리 한 장을 그냥 주는 것이었다. 나는 어른들의 측은지심(생면부지의 남이라도 곤란을 보면 넉넉하게 감싸 안아주는 인정이랄까 넉넉한 품성이랄까)을 맛보았던 것이다.

요즈음 청년들은 더욱 빈곤해지고 어른들은 더욱 야박해지고 있는 것은 아닌지. 옛날의 넉넉했던 어른들이 그립다. 왜 어른들은 청년들을 진심으로 품으려 하지 않는 걸까.

풀 구경

●

내 고향 마을에 전원 식당이 하나 있다. 별스럽게 꾸민 외관에 듣도 보도 못한 음식을 판다는 그곳에, 고향 어르신들이 드디어, 그것도 단체로 가보게 되었다. 크게 출세한 분이 다 고향 어르신들 덕분이라고, 한턱낸다고, 그 집을 고른 것이었다. 가까이에 두고 들어가보지를 못했던 어르신들, 얼씨구나 좋다 하고 가서 감사히 먹었는데, 출세한 분 민망하게도 '잘 먹었다'는 말을 진정으로 하는 분이 거의 없었다.

좀 못마땅해도 인사치레로 '잘 먹었다'는 말을 백번도 더 하는 어르신들이 경우 없이 왜 그랬을까? 사연을 들어보니, 그럴 만했다.

아주 비싸고 가짓수도 많은 그 집의 코스 요리는, 대개 풀(야채), 죽, 물이었다. 어르신들은 하도 못 먹는 세월을 오래 살아서, 먹고살게 된 뒤에도, 고기를 먹어야 먹었다고 말하는데, 몇 접시 안 되는 고기 요리는 젓가락 가기도 민망하게 적은 분량이어서 한 점이나 간신히 먹었다.

그 식당에 다녀오고 나서, 늘 먹는 게 푸성귀인 분들인지라, "풀 구경 했나(밥 먹었나)"가 한동안 동네 인사말이 되었다. 그래도 어르신들은 "우리 동네에는 전원 레스토랑도 있구먼" 자랑스러워했고, "그 사람 어른 대접하는 것 보니까 한참 더 출세할 것이여!" 추켜세우고는 했다.

나쁜 기억

●

나는 나쁜 기억이 발달했다.

특히 폭력은 생생하다. 맞았던 몇 번을 잊을 수가 없다. 수년
전, 수십 년 전 일이 어제처럼 생생하다. 내가 맞을 만한 짓을 했
지, 인정이 되는 경우 말고, 내가 왜 맞은 거지? 도대체 왜? 납득
이 안 되는 상처 말이다. 아직도 꿈속에서 내가 맞은 이유를 찾
고 있다. 뒤끝 장난 아닌 거다.

내가 가해자인 경우도 잊지 못한다. 나는 누구를 때려본 적이
딱 여섯 번 있는데, 그 순간이 다 기억난다. 어제 가해한 것처럼
화끈거린다. 나한테 맞은 그들도 기억하고 있을 테다. 내게는 때
려야만 했던 까닭이 있었겠지만, 맞은 그들에겐 도무지 납득이

안 되는 까닭이었을 테다. 맞은 그들은 얼마나 분했을까. 그들이 나처럼 소심하지 않기를 바랄 뿐이다.

맞은 게 아직도 억울하다. 때린 것이 아직도 창피하고 죄스럽다.

그런데 마음의 상처는 받은 것만 기억나고 준 것은 전혀 기억 나지 않는다. 누군가의 말 한마디에 얼마나 자주 상처받았던가. 나를 가해한 이는 자기가 그런 말을 했다는 것도 기억하지 못할 테다. 나도 그렇다. 나는 기억도 못 하는 말 한마디로 누군가에 게 큰 상처를 입혔을 테다.

몸의 상처는 가해한 이나 당한 이나 서로 안다. 마음의 상처는 자신만 안다. 몸의 상처는 치료가 쉽지만, 마음의 상처는 쉬이 아물지 않는다. 마음의 상처로 괴로울 때, 내가 타인에게 입힌 마음의 상처를 헤아린다. 잘 안 되지만 그렇게라도 상쇄해야 편 해진다.

이미 나쁜 기억이 너무 많다. 상처를 받지 않기 위해 애쓰고, 상처를 주지 않으려고 애쓸 수밖에. 나쁜 기억을 조금이라도 줄 여야 한다. 편히 자고 싶으니까.

게임의 한계

●

　'주사위 굴리기'에 푹 빠졌다. 게임이 대개 그렇듯이, 고능력 캐릭터를 갖고 활용도 탁월한 아이템을 보다 많이 장착하는 데 승률이 달렸다. 10연패, 20연패를 밥 먹듯이 했다. 그토록 패배를 거듭하지 않았다면, 나는 그 게임에 집착하지 않았을지도 모른다. 화가 나서 참을 수가 없었다. 내가 뭘 하든 5할은 하는 사람이란 말이다!

　노력했다. '현금질'의 유혹에도 불구하고, 오로지 노력만으로 하늘처럼 높아 뵈던 캐릭터와 아이템을 차례로 쟁취했다. 소원하던 고급 캐릭터와 고강 아이템을 얻었을 때 어린애처럼 팔팔 뛰며 좋아했다. 아내 눈에 얼마나 한심해 보였을까! 승률 6할대에 진입했다.

승률 7할대는 '넘사벽'이었다. 아무리 캐릭터와 아이템이 좋아도 게임 속성상 '운칠기삼'이기도 했지만, 그보다는 더 센 캐릭터와 더 굉장한 아이템이 출시되는 것이었다. 뱁새가 황새만큼 되었더니, 독수리가 나타났다. 독수리만큼 되었더니 대붕이 나타났다. 쫓아가는 데도 한계가 있다. 이해는 하겠다. 돈 한 푼 안 쓰는 사용자와 현금을 과감히 투척하는 사용자가 동등할 수는 없다. 게임 회사를 먹여 살리는 '현질러'를 위해서라도 더 세고 더 강력한 것이 등장할 수밖에 없을 테다.

한계에 이르자 비로소 그 게임에 시들해졌다. 많은 이들이 그토록 사소한 게임에 집착하는 것은, 자기 나름의 '재미' 때문일 테다. 카타르시스도 있겠지만, 한계에 이를 때까지 애면글면하는 과정 자체가 오감과 이성을 사로잡았으리라. 이왕 집착하기 시작했다면 최대한 빨리 한계에 도달할 필요가 있다. 집착에서 풀려나는 가장 빠른 방법이니까.

실수와 자학

●

택시를 탔다. "거시기, 갈 수 있죠?" "어디라고요?" "시민의숲 근처 거시기인데요." "아, 거시기가 거기에 있었군요." 아저씨가 네비 찍지 않는 게 살짝 불안했다. 예상보다 너무 많이 가는 듯했다. 10분 안에 도착해야 하지 않나? 서울이라 막히는 거겠지. 20분 가까이 달려 도착한 곳은 전혀 엉뚱한 곳이었다. 다른 택시를 잡아타고 돌아오는 길이 착잡했다. 사실은 끽해야 5천 원이면 갈 수 있는 거리를 합계 2만 원에 돌아온 셈이었다. 아내에게 전화를 걸어 "1억 대만 때려줘!" 했다. 나이가 몇이며 수도권에 산 지 어언 20년이건만 아직도 이런 실수를. 실로 부끄럽기 짝이 없었다. 이처럼 사소한 일로, 일주일은 자학할 정도로 나는 소심하다.

초등학교 때 선생님이 뺨을 때리면서 해주었던 말을 잊지 못한다. "죽은 듯이 나자빠져 있는 것도 못하냐? 네가 뭔데 애들 고생한 걸 도루묵으로 만들어버려?" 그날의 교훈을 뼛속에 덜 새겼던 것일까. 죽은 듯이 나자빠져 있으면 되는데, 괜히 나섰다가 일을 그르치고 남에게 피해 준 일이 그 후에도 숱했다. 심지어 군대에서조차.

실수는 말 그대로 실수에 불과해서, 며칠만 흘러도 공유 가능한 추억거리에 불과해진다. 하지만 치명적인 실수는 있는 법이다. 최선을 다해 한 일이 있었다. 스스로 굉장한 성취라고 자부했다. 알고 보니 그것은 하지 말았어야 할 일이었다. 얼마나 자학했는지 모른다.

어머니는 늘 말씀하셨다. 어깨를 당당히 펴라. 고개 쳐들고! 걱정하지 마세요. 사소한 실수도 저지르지 않겠습니다. 저지르더라도 뻔뻔해지겠습니다. 실수를 재미난 농담으로 바꾸어 여러 사람을 즐겁게 하겠습니다. 그게 될까요?

롤 모델

•

연전에 아주 유명한 스님이 돌아가셨다. 그런데 그분은 도대체 왜 유명해졌는지 이해가 되지 않았다. 별스러운 공적 생활이 없으셨다. 무슨 큰 절의 주지를 맡은 적도 무슨 종파의 임원을 맡아본 적도 없었다. 잘 팔린 책을 낸 것도 아니었다. 권력과 가까운 것도 아니었고 권력과 싸운 것도 아니었다. 신문에 난 그분의 행적을 되풀이 읽었다. 그저 깊은 산속에서 평생 불도를 닦으신 분이었다. 이렇게 전혀 드러나지 않는 행적도 유명해질 수가 있다니! 그토록 그분의 도가 드높았을 테다.

강하고 높은 그분의 깨달음은 시나브로 퍼져나갔을 테다. 빠르고 요란스러운 깨달음들이 유행을 마치고는 가뭇없어졌을 테다. 하지만 그분의 깨달음은 가장 느린 속도로 다가와 가장 오래도록 남는 마음붙이가 되었을 테다.

어쨌거나 그 스님은 내 롤 모델이 되어주셨다. 나는 그 스님처럼 살고 싶다. 하지만 그 스님의 개만큼도 초연히 살 수 없는 싸가지 없는 중생이다. 그럼에도 나의 문학만큼은 그 스님의 깨달음처럼 될 수 있기를 비손하는 것이다. 내 문학이 독자들에게 아주 느린 속도로 다가갈 테지만 독자들에게 오래도록 남는 무엇인가가 된다면 더 무엇을 바라겠는가.

뒤풀이 풍경

•

입장 순서로 보면 크게 다섯 부류가 있다.

선착. 시간 엄수. 한꺼번에. 가급적 늦게. 빈자리 찾기.

선착하는 이는 예약 시간보다 먼저 가지 않고는 못 배긴다. 뒤풀이장이 좋아서가 아니라 행사장을 빨리 떠나고 싶은 것일 테다. 어떤 이들은 선착형은 대개 '시골 사람'이라고 주장한다. 대중교통 수단을 이용해 모처럼 서울에 왔는데, 막차 시간 되기 전에 한 잔이라도 더 마시려면 행사장을 최대한 빨리 떠날 수밖에 없지 않느냐는 것이다.

선착형만큼이나 튀는 분들이 주인공도 아닌데 빈자리 찾기 힘들 때 나타나는 분들이다. 빈자리 찾기형은 대개 서울 사람이라고 주장하는 분들이 있다. 가장 가까이 사는 이가 가장 늦게 온다는 속담이 근거다.

마시는 모습에도 여러 유형이 있다. 가장 흔한 것이 한 사람이 주로 말하고 나머지는 듣기만 하는 테이블이다. 크게 진지파와 웃음파로 갈라진다. 진지한 쪽은 무슨 강연회 같은 풍경이다. 웃음파 쪽은 원맨 개그쇼 분위기다. 혼자 독판을 쳐야 직성이 풀리는 분과, 말하기보다는 듣는 것을 더 좋아하거나 잘 견딜 수 있는 다수가 어울려야 성립한다. 원로나 실세나 유력자 한 사람에 과묵한 중진 한둘, 햇병아리들이라 할 수 있는 다수 신진으로 구성될 때가 많다.

가장 시끄러운 데는 비교적 발언권을 공평하게 갖는 테이블이다. 텔레비전 예능 프로그램이랑 흡사하다.

쉼 없이 자리를 옮기는 매파 같은 이도 있다. 모든 사람을 다 안다는 듯 다 알고 싶다는 듯 자발적으로 옮겨 다니거나, 그 사람만 합석하면 10분 만에 자리가 와해되기 때문에 어쩔 수 없이 새로운 자리를 찾아다니거나…….

처음 간 이에게 가장 인상적인 사람은? 어떤 유형이든 좋은데, 이름을 불러주고 남에게 소개해주고 암튼 말 좀 할 수 있게 해준 사람 아닐까. 한마디로 관심 좀 가져주는 사람.

승부의 관건

•

　　이겨도 찝찝할 때가 있다. 상대가 져준 것 같을
때, 상대가 아주 성의 없이 둔 것 같을 때. 승리의 기쁨은 없고 어
째 되게 불쾌하다. 모르는 사람과 대적하는 온라인에서도 속상
할 때가 숱하다. 대화창에 욕을 쓰는 분, 접속을 끊었다 이었다
하는 분, 다 졌는데 기권 안 하고 계속 시간을 끄는 분, 독특한 성
격이 참 많다. 그런 분하고 진을 빼면 이겨도 진 것처럼 구리다.
그런 분한테 지면 비참하다. 능욕당한 것 같다.

　지기만 하는 데도 전혀 속상하지 않은 때가 있다. 군 복무할
때 실수한 척하면서 져주느라고 고생 어지간히 했다. 지금은 자
식이 뭐든지 나보다 고수지만, 어릴 때는 져주느라고 애먹었다.

상대가 기분 안 나쁘도록 져주는 거 매우 힘든 일이다. 져주기 승부는 시간이나 때우기 위한 노동일 뿐이다.

왜 꼭 우리는 이기려고만 하는가. 누구는 이기고 누구는 져야 하는가. 다 같이 승리할 수는 없는가. 온라인 게임에는 있다. 협동으로 가상의 적과 싸우는 것이다. 다 함께 이기고 다 함께 머니를 벌 수 있다. 취지는 환상적인데, 다른 유저(사람)를 이기는 것에만 승부욕이 발동하거나, 숟가락을 얹기만 한 공동 승리자를 인정하기 싫거나, 이러저러한 이유로 재미를 못 느낄 이도 많을 테다.

비길 수 있어도, 이왕이면 승패를 가리려는 것이 승부의 속성이다. 이기는 자와 지는 자가 반드시 나올 수밖에 없다. 승자와 패자 둘 다 기쁠 수는 없겠지만, 공정한 조건에서 서로 최선을 다했다면 둘 다 마음 상하지는 않을 테다. 승부의 관건은 승패가 아니라 '최선'인 셈이다.

어떤 계획

•

십 대 때는 계획이란 걸 따로 세울 필요가 없었다. 정해져 있었으니까. 학교 가서 열심히 영어 수학 하자!

이십 대는 별의별 계획을 다 세웠다. 이상적이고 낭만적이고 허황된, 꿈에 가까운 계획이 8할이었다. '하지 말자!'는 거의 없고, '한다'가 많았다. 전국을 걸어서 일주한다, 장학금 타서 효도한다, 열심히 사랑한다, 세계문학전집 다 읽는다……. 뭐든지 해보고 싶었고, 할 자신이 있었고, 일단 덤비는 만용도 충만했다.

삼십 대는 세울 수 있는 계획을 세웠다. '한다' 계획은 지극히 금전적이고 이기적이고 졸렬했다. 그리고 '하지 말자'가 무수해졌다. 하지 말아야 될 일을 너무 많이 알게 되었다. 하고 싶어도 할 수 없으니 할 마음 자체를 먹어서는 안 되는 일도 무수해졌다. 좋은 말로는 철이 든 것이겠지만, 자기 검열에 능숙해진 것이다. 그래도 노력한 만큼 이루어질 것이라는 믿음이 있었다. 그 믿음에 번번이 발등이 찍혔다.

사십 대는 십 대 때랑 비슷해졌다. 계획이란 걸 따로 세울 필요가 없어진 것이다. 정해져 있으니까. 열심히 벌자. 이거 말고 무슨 다른 말이 필요하단 말인가. 안주하기에도 벅차니 무슨 딴생각이 있겠는가. 오래도록 폐인처럼 지냈다. 매사에 열정이 전혀 없었다.

어떤 계획도 갖지 못한 때문이 아니었을까? 계획을 세우면, 계획을 세우느라 끙끙거린 게 아까워서라도, 최소한의 애는 쓰게 된다. 뭔가 해보고 싶다. 계획을 세우고 싶다! 이십 대처럼 허황되면 어떻고 삼십 대처럼 졸렬하면 또 어떤가. 즐길 준비만 되어 있다면. 이루어지지 않는다고 투정 부리지 않을 만큼은 철이 들지 않았을까.

사탕

●

사탕은 어린아이를 병원에 가게 만든다. 사람의 기호는 십인십색이고 제반 현상에 대한 반응도 천차만별이다. 하지만 거의 모든 사람이 공통된 기호와 반응을 보이는 경우가 더러 있다. 이를테면 아주 어릴 적부터 사탕을 좋아하는 것과, 아주 늙어서도 병원 가기 싫어하는 것. 그래서 의사들은 병원에 사탕을 놓아둔다. 어린아이는 병원 가자고 하면 사탕 받으러 가자는 말로 알아듣는다. 병원에 가서 진찰받고 때로는 주사도 맞는 것을, 사탕을 얻기 위한 고행으로 안다. 어린아이에게는 엄마가 슈퍼에서 얼마든지 사주는 사탕보다, 병원에서 얻는 사탕이 훨씬 맛있다. 어린아이는 사탕을 본능적으로 사랑하게 됐듯, 고행을 해서 얻은 성취가 더 맛나던 것도, 본능적으로 알고 있는 걸까?

사탕은 청년을 사랑에 빠트린다. 사탕은 단맛을 조그맣게, 예쁘게, 개성 있게 뭉쳐놓은 매혹의 덩어리다. 그 덩어리가 입에 들어가면 혀가 신나는 춤을 추고, 목구멍은 달콤한 노래를 부르며, 머릿속은 즐거운 공기로 가득 찬다. 그 작지만 강렬한 황홀을 누군가와 나누고 싶어진다. 사탕을 선물로 받는 그대는, 받는 순간부터 기분이 달뜬다. 입안에 넣으면 사탕 자체의 단맛에 사탕을 선물로 준 그의 향기가 더해져, 더욱 짜릿한 황홀이 발생한다. 그래서 비싸고 큰 선물로도, 돈으로도 잘 이루어지지 않는 사랑을, 작고 보잘것없는 사탕 한 봉지는 아주 쉽게 빚어내는 것이다.

사탕은 장년을 위로한다. 늘 지쳐 있는 그들은, 우연히 사탕과 재회한다. 저렇게 하찮은 것을 왜 그리 좋아했을까? 문득 한 알 먹어보게 된다. 그러면 오래전에 잃어버린 줄 알았던 동심이 들큼하게 되살아난다. 어렸을 때 사탕 한 쪽도 나눠 먹던 친구들은 다들 잘살고 있을까? 안부가 궁금해진다. 피곤에 절어 있던 혈관들이 원기를 회복하는 느낌이 솟구친다. 그래, 힘을 내야지. 아무려면야 사는 게 사탕 같아야지 않겠어, 하고 사는 감칠맛을 되찾는다.

사탕은 늙은이의 친구가 된다. 인생의 산전수전 다 겪고 단맛 쓴맛 다 본 그는, 사탕이 있어 외롭지 않다. 사탕 한 알을 오물거리고 있으면, 과거의 기쁘고 행복한 일들이 하나둘씩 찾아와 말을 건다. 겪을 때는 괴롭고 슬펐던 일도 찾아오지만, 그 일들에서도 단내가 난다.

이래서 뭇사람들은 사탕 좋아하면 이빨 썩는다는 경고에도 불구하고, 평생 사탕을 사랑하는 것이다.

우표

•

나는 사랑의 전령사라네. 나는 알지. 이 얇은 봉투 안에 담겨진 사랑을. 그 얇은 종이에 실린 무게를. 그대는 몇 번이고 다시 쓰며, 밤을 꼬박 새며, 마음의 지도를 그렸지. 고향 땅 어머니를 향해 부르는 사모곡을, 멀리 떨어진 형제에게 전하는 우애를, 스승과의 즐거웠던 시절을 회고하는 노래를, 이 나라를 지키는 아저씨들에게 보내는 위문의 정을, 미래를 향한 각오를, 그리고 별보다 빛나는 임에게 바치는 사무치는 그리움을, 한 자 한 자 벼려놓았지.

그대는 애틋한 마음으로, 나를 봉투에 붙이네. 나는 얇지만 거대한 봉투에 붙어서 태양처럼 빛나고 새처럼 웃네. 나는 이제 사랑의 전령이 되어 날아갈 것이네. 그대의 사랑하는 사람에게로.

나는 사랑의 기록자라네. 나는 보았지. 그 얇은 봉투를 받아든 사람들의 다정다감한 얼굴을. 당신은 아들딸이 전해 온 안부에 눈시울이 뜨겁네. 형 누나의 격려에 머릿속이 밝아지고 두 주먹에 힘이 불끈 솟네. 잊어가던 제자들의 해맑은 눈망울이 새록새록 되살아나네. 눈보라 몰아치는 철책선 앞에 서 있지만 가슴이 용광로처럼 더워지네. 그리고 바다보다 넓고 푸른 임 생각에 이 작은 몸이 우주가 된 것처럼 무한 팽창해서는 펄펄 끓네.

나는 다 보았지. 당신이 한 자 한 자 애정을 다해 음미하는 소리를. 그 얇디얇은 종이를 몇 번이고 되읽는 밤을. 나는 이제 쓸모없는 것처럼 보이지만, 봉투에 붙어서 별 많은 밤하늘처럼 들었던 것이네. 당신 마음이 발산하는 숨결의 노래를.

작고 하찮아 보이는 것들은, 보이기만 그러할 뿐, 광활하고 소중한 가치를 자랑해왔지. 세상이 첨단을 달려도 그 작은 존재의 빛남은 사그라지지 않았지. 그런데, 그런데 오랫동안 작고 하찮은 것들의 제왕이었던 나는, 그 어떤 것보다도 광대하고 중요했던 나는, 존재의 이유가 점점 스러져간다네. 사람들은 나보다 훨씬 빠르고 간편한 전달자를 찾아낸 것이지. 나는 조만간 사라져 수집가의 품에서나 존귀한 골동품 신세가 되겠지.

그러나 나는 아직 없어진 것이 아니라네. 아직도 많은 사람들이 나를 사랑하네. 쾌속 전달자 사이버를 못 미더워하고, 내가 책임지고 전달하는 봉투의 진실만을 믿는 사람들이 아직도 많네. 나는 내가 없어지는 날까지, 사랑을 싣고 달려가서, 사랑을 보고 듣고 기록할 것이네. 그것이 나의 위대하고 빛났던 역사의 진정한 최후일지니.

기억의 책을 넘기며

•

더불어 겪지만, 제 나름대로 기억하기 마련이다.

우리는 학교 다닐 때 나이가 같았다. 생각하는 깊이나 폭도 엇비슷했다. 같은 교복을 입고 같은 교과서로 같은 스승께 배웠다. 교문 밖으로 나가면 가정 형편에 따라서 다른 생활을 하게 될지라도, 학교 안에서는 대개의 사건을 함께 겪었다. 그런데 간만에 만난 우리는 학창시절 그때를 서로 다르게 기억하고 있다는 것을 알고 놀라게 된다.

심한 경우 누가 옳게 기억하고 있는가를 두고 편까지 갈라서 싸운다. 자기 기억으로는 도저히 받아들일 수 없는 얘기를 다른 이가 하는 것이다. 하지만 다른 친구도 자기가 보고 듣고 생각한 바가 절대적으로 옳다고 자신만만하다. 누가 거짓말을 하고 있는 건가? 누가 잘못 기억하고 있는 건가? 사실은 누구나 진실만을 말했다. 동창끼리 만나서 굳이 거짓말하고 속이고 그럴 까닭이 없다. 자기가 기억하는 한 진실을 말한 것이다. 그런데 왜 기억이 다르단 말인가. 같이 겪어도 사람마다 다르게 기억하기 때문이다.

누구는 엄청 중요하게 기억하는 것을 누구는 어렴풋이 기억할 수 있다. 누구는 그때 분노를 느꼈지만, 누구는 통쾌했을 수도 있다. 그 일을 겪을 때, 각자 보고 싶은 것만 보고, 듣고 싶은 것만 들었을 수도 있다. 똑같은 상황을 겪었는데도, 명랑하고 밝은 아이는 재미난 코미디처럼, 외롭고 우울한 아이는 슬픈 드라마처럼, 괄괄하고 힘자랑 좋아하는 아이는 액션 영화처럼, 사려 깊고 생각 많은 아이는 철학 책처럼 기억에 저장했을 테다.

그러니까 나중에 그 기억을 불러냈을 때 그 기억이 같지 않은 것이 당연하다. 그 기억을 끄집어놓을 때의 상태도 참고해야 한다. 어린 시절에는 부정적이고 어두운 아이여서 공포 영화로 저장했던 기억이지만, 지금 긍정적이고 밝은 성품으로 되새겨보니 온갖 깨달음을 주었던 명작 영화로 거듭날 수도 있으니까.

모두가 진실된 기억을 말했는데 그 진실된 기억을 모아놓으니, 모순 가득한 기묘한 기억이다. 하지만 기묘한 기억이야말로 기억의 진짜 모습인지도 모른다. 보이지 않는 자들이 각자 만지고 애기한 바는 부분적으로 진실이다. 그 모든 애기를 합쳐서 만든 코끼리는 전체 진실이다. 부분적인 진실은 소중하고 전체 진실은 중요하다.

겪는 때와 장소와 형편이 서로 달랐을 경우에는 더욱 복잡하다. 이를테면 군필자들끼리 군대 애기를 한다고 해보자. 군필자들 자기의 경험에 비추어볼 때, 자기가 말하는 것이 절대적으로 옳다고 믿는다. 군대는 이랬어! 그런데 그들이 경험한 군대는 달랐다. 휴전선에서 복무한 T, 해경으로 중국 어선과 싸웠던 J, 국가기관의 정문을 경비했던 N, 전투경찰로 데모를 막으러 다녔던 H, 그들 모두 군대를 다녀왔지만 그들이 있었던 군대는 서로 다른 곳이었다. 그들이 각각 경험한 군대 기억도 진실이고, 그들의 기억을 모두 합한 것도 진실이다.

사실 여러 사람과 기억의 진실을 다툴 때보다, 나 홀로 기억의 진실과 갈등해야 할 때가 더 힘들다. 끝없이 닥쳐오는 문제를 해결하기 위해, 과거의 경험에서 배우기 위해 기억의 상자를 연다. 그런데 이랬든가 저랬든가 헷갈리고 갑자기 새까매지고 결국 '기억을 못 합니다!' 혹은 '난 치매야!' 같은 비명을 토한다.

하지만 그 모두가 정확한 기억이라고 생각하면 조금 편하다. 도망갈 생각밖에 없는 나는 망각을, 비겁한 나는 이쪽의 기억을,

용감한 나는 저쪽의 기억을 원하는 데 그치지만, 긍정적이고 참신한 나는 기억을 아예 새로 만들어내기도 할 테니까.

저 변덕스러운 기억으로부터 중심을 잡고 살아가려면 편집의 기술이 필요할 것 같다. 내 기억만큼 다른 이들의 기억도 진실이라는 존중, 하지만 내 기억이 주관적인 고집일 수 있듯이 다른 이의 기억도 주관적인 고집일 수 있으리라는 비판력, 그리고 그 존중과 비판을 자신의 기억에게도 가할 수 있는 냉철함 같은.

남의 기억에 휘둘리지도 않고 내 기억 속에서 길을 잃지도 않기 위해서, 사람들은 오늘도 명랑한 대화를 나눌 테다. 여럿이 함께 만든 기억의 숲에서, 또 내가 평생 쌓아온 기억의 책을 넘기며.

실수는 재미있다

●

군대 시절 회고담을 들어보면, 90퍼센트 이상이 실수 얘기다. 자기가 저질렀던 실수, 동료들의 실수, 분대 혹은 소대 차원의 실수. 실수하러, 실수하는 것 보러 군대 갔다 온 사람들 같다. 실수했던 일이 가장 재미났었던 것이다. 다른 일들은 금방 잊히지만 내가 실수하고 남이 실수하고 전체적으로 실수한 얘기들은, 소설처럼 흥미진진한 이야기로 기억되었다가 불쑥 생각나는 것이다. 군대 얘기뿐인가. 학교 얘기든, 직장 얘기든, 백수 생활 얘기든, 연애 얘기든, 따지고 보면 다 실수에 관한 이야기다.

실수 이야기만큼 흥미로운 게 없다. 실수하고 상관없는 이야기는 사람들이 들으려고 하지도 않는다. 평범하다고, 무난하다고, 감동이 없다고, 너무 교훈적이라고, 딱딱하다고. 그러니까 실수 이야기는 평범하지 않고, 파란곡절이 있고, 뭔가 느낌을 주고, 뭐는 뭐야라는 주입식 교훈 대신 아기자기해서 독자 스스로 느끼게 하는 맛이 있고, 물렁물렁하다.

조심하지 않아 잘못을 저지르는 게 실수다. 하지만 실수는 아무리 긴장하고 조심해도, 한순간 느닷없이 닥치는 불청객이다. 딴생각을 하거나 존 것도 아닌데 내릴 곳에 못 내리고, 저도 모르게 숫자 하나 단어 하나 틀려서 서류를 망치고, 올바른 선택을 하고도 키 하나 잘못 눌러서 반대 선택하고, 다 된 밥에 코를 빠트리고, 건망증으로 뭘 자꾸 잊어버리고……. 그렇게 실수는 일상생활을 예고 없이 기습한다.

실수는 우리 삶을 윤택하게 만든다. 모두가 조금도 실수하지 않는다고 생각해봐라. 그것은 기계의 세계나 다름없다. 아픈 실수는 나태했던 나를 정신 번쩍 들게 한다. 어이없는 실수인 줄 알았는데 의외로 멋진 해결책이 되기도 한다. 개인적으로 황당무계한 실수는 동료들에게 웃음을 준다. 그 실수 많은 친구가 없다면, 우리는 얼마나 심심했을까.

건망증이라는 기억의 습관적인 실수조차도 너무 기억할 게 많은 뇌가 스스로 자기를 보호하려는 몸부림이구나 생각하면 별로 걱정될 거 없다. 사람들이 가장 두려워하는 말실수조차도, 진짜로 하고픈 말을 못해 들끓는 스트레스 덩어리가 응축되어 입 밖으로 튀어나간 것일 게다.

웃고 넘어갈 수 있는 실수가 아니에요. 나 자신은 물론 전체를 곤란에 빠트렸단 말입니다. 아, 죽고 싶어요! 이렇게 치명적인 실수는 프로 선수를 참고할 필요가 있다. 밥 먹고 그 운동만 반복한 프로 스포츠 선수도 어처구니없는 실책을 곧잘 저지른다. 경기가 이미 결판이 난 것이나 다름없는 상황에서 발생한 실책이라면 귀엽게 봐줄 수 있지만, 결정적인 실책이라면 미친다. 실책 선수의 무표정에 더욱 분통이 터진다. 저런 실책을 하고도 저토록 뻔뻔하다니!

하지만 조금만 냉정하게 따져봐도, 무표정과 뻔뻔함이 옳다. 여전히 경기 중이다! 반성은 경기 끝나고 해도 늦지 않다. 아니, 경기 후에는 반드시 처절한 반성을 해야 한다. 그러나 경기가 끝나지 않은 이상, 또다시 실수하지 않기 위해서 이어지는 상황에 몰입해야 한다. 대개 한 경기에서 연달아 실책하는 선수들은 먼저의 실책을 지나치게 반성하다가 이어지는 상황에 집중하지 못하는 경우다. 실책이 실책을 낳는 꼴이다. 실책을 빨리 잊고 경기에 집중하는 것이 최선의 선택이다.

저 녀석 헛짓거리 때문에 우리는 졌다. 모두가 쟤 때문이야.

이렇게 모두가 실책자만 원망하고 있다가는 너도나도 실책을 남발하며 자멸한다. 강한 팀은 실책을 재빨리 잊는다. 야, 기죽지마. 누구나 실책할 수 있어. 앞으로 잘하면 돼. 실책자를 질책하느라 마음과 시간을 낭비하기보다는, 실책자의 미안함을 덮어주기 위해서라도, 상황을 반전하거나 만회하기 위해 응집력을 발휘한다. 하여 약한 팀에게는 실수가 패배와 몰락을 앞당기는 지름길지만, 강팀에게는 실수가 승리와 성공을 위한 도화선이다. 치명적인 실수조차도 긍정적으로 받아들이면 고마운 실수가 되는 것이다.

활력소나 계기가 되려고, 스트레스를 발산해주려고, 핵심 기억을 보호하려고, 더 나은 방향을 위한 계기나 주춧돌로 거듭나게 하려고, 웃음을 주려고, 오늘도 실수가 찾아온다. 사실 아무런 의미도 없는 실수였는지 모른다. 하지만 내가 받아들이는 마음과 행동에 따라서, 실수는 그토록 긍정적인 기운이 된다. 동료의 실수 또한 어떻게 받아들이냐에 따라서 전화위복의 계기가될 수 있다.

스스로 반짝이는 별

●

어린이는 만화책을 읽든, 컴퓨터게임을 하든, 〈런닝맨〉이나 〈1박 2일〉 같은 예능 프로그램을 보든, 배드민턴을 치든 완전 몰입이다. 그 무엇이 됐든 그게 제가 하고 싶은 일이라면, 초롱초롱한 눈빛으로 땀까지 뻘뻘 흘려가며 애를 쓴다. 다섯 살이든 아홉 살이든 열두어 살이든 그 나이에 발휘할 수 있는 집중력의 최대치를 그 일에 쏟아붓는 것이다. 숙제나 일기나 식사처럼 제가 싫은 일은 엄마한테 꾸중을 들어가면서 시늉만 내지만, 스스로 즐거움을 느끼는 일에는 시쳇말로 목숨을 걸듯이 매달린다. 참으로 열성적이구나! 감탄하지 않을 수 없다.

어린이는 학부모의 시각으로 최고로 훌륭해 뵈는 독서 같은 행위를 할 때만 최선을 다하는 게 아니라, 저런 짓을 왜 하는지 도무지 이해가 안 가는 행위를 할 때도 최선을 다한다. 사실 이해하겠는 행위보다 이해 못하겠는 행위가 더 많다. 무의미해 뵈는데, 아무 재미없어 뵈는데(이를테면 바닷가에 갔을 때, 파도를 막겠다고 서너 시간 동안 돌멩이를 주워다 방벽을 쌓는) 그 짓을 열심히 반복하는 것이다.

어른들이 뭐라고 하든 어린이는 그 행위가 무척 재미있는 것이다. 열렬한 애정을 바칠 만큼.

그렇게 어린이는 열정의 나날을 살고 있다. 어린이의 뇌는 무서운 속도로 지식을 빨아들이고 있다. 눈과 귀와 코와 입과 피부는 가공할 기세로 감각의 영토를 넓히고 있다. 마음은 눈부신 기세로 다양한 재미와 다채로운 감동과 무수한 깨달음 같은 것들을 얻고 있다. 놀이터에서 와글거리는 어린이들이 괜히 시끄러운 게 아닐 테다. 어린이들의 정신과 몸뚱이를 함께 키우는 열정이 무수한 별들의 곡예처럼 빛나니 어찌 떠들썩하지 않겠는가.

우리도 한때는 어린이였다는 것은, 우리도 어린 시절에는 그토록 열정적이었다는 얘기일 테다. 우리가 어린 시절을 그리워하는 것은, 어쩌면 순진무구했던 그 열정을 그리워하는 건지도 모른다. 어느 순간 신체 조직은 성장하기를 멈춘다. 그 절정에 이르러 육체는 한동안 최고의 활력을 발산한다. 청년기다. 빛나는 청춘을 보낸 육체는 서서히 늙어간다. 하지만 정신은 다르다. 열정을 유지할 수만 있다면, 화려한 청춘을 오래도록 연장할 수 있다. 몸은 쇠해도, 마음은 청춘을 노래할 수 있다.

그걸 알면서도 열정을 빨리 잃는―일찍 늙은―사람들이 많다. 어린 시절의 열정은 남의 눈치를 보지 않았다. 그러나 자라면서 오해한다. 1등 하지 못하는 열정은 아무것도 아니라고. 어른이 되면 좌절한다. 권력과 돈을 불러오지 못하는 열정은 가치 없다고. 스타 시스템의 소비사회에서 살아남으려면 멀티플레이 능력을 갖추기도 바쁜데―마음에도 없는 일에 최선을 다하기도 힘겨운데―스스로 원하고 즐거운 일에 열정과 시간을 바칠 수 있겠느냐고.

설령 열정을 바칠 수 있는 여유가 있다 하더라도 아무리 열정을 바친다 한들 누구나 인정하는 스타가 되지 않는 한 무의미한 것 아니냐고. 하여 어느 정도의 성취를 이루면, 열정을 잊어버린다. 편안하지만 재미도 감동도 없는 나날에 익숙해져 몸과 마음이 함께 늙어간다. 쾌걸 조로가 아니라 씁쓸한 조로早老다.

놀이터에서 바글대는 어린이들에게서 배운다. 열정의 순진무구를. 열정은 별게 아니다. 내 몸과 마음이 원하는 상식적인 행위를 기꺼워서 열심히 하는 것일 뿐이다. 스타가 되면 좋겠지만 스타가 되지 못해도 상관없다. 그 행위에 1등, 혹은 그 행위를 하는 모든 사람의 행운을 독차지한 게 스타일 텐데, 스타를 제외하고는 어차피 그 누구도 스타가 될 수 없다. 그러나 어린이들을 보라. 녀석들은 모두가 스타다. 남이 인정하거나 말거나 우러르거나 말거나 이구동성으로 추켜세우거나 말거나 스스로 즐겁다.

어린이가 열정을 바치는 것은 남들이 쳐다보는 별이 되기 위함이 아니라, 스스로 반짝이는 별이 되기 위함이 아닐까. 아니, 녀석들은 열정이 뭔지도 모를 테다. 어쩌면 진정한 열정은, 최선을 다하여 노력하자 혹은 하면 된다! 이런 각오 같은 것 없이도, 가슴이나 머릿속에서 절로 우러나온 빛 에너지가 아닐까. '스타, 스타가 될 때까지'라는 노랫말도 있지만, '저 별은 나의 별'이라는 노랫말도 있다.

스타가 되지 않아도 스타 하나씩 갖고 있는 것이다. 내 별이 저 우주 어디에선가 빛나고 있듯이, 내 열정도 깊은 속 어딘가에서 빛나고 있을 테다.

소수의 힘

●

　소수는 의외로 힘이 막강하다.

　국회의원들을 보아도 소수의 힘을 느낄 수 있다. 국민 대다수는 국회의원들이 저 따위로 행동하기를 바라지 않는다. 그러나 300명밖에 안 되는 저 소수의 무리는 아무렇지도 않게 파렴치하고 후안무치한 행위를 자행하고 있다. 그들 소수를 우리 국민 다수가 뽑았다는 것이 참으로 우습지만, 아무튼 국회의원들이야말로 소수 정예의 힘을 마음껏 보여주는 자들이다.

　그러나 아름답고 위대한 소수가 더 많았을 것이다.

　예전에 어떤 스님이 돌아가셨을 때, 온 나라 언론이 다투어 그분을 조명하니, 온 국민이 추모 분위기에 휩싸인 듯했다. 언론의 칭송을 간단하게 정리하면, 산속에서 거의 움직이지 않고 오로지 불도의 길을 걸었을 뿐이나, 스님의 내공은 온 세상에 두루 퍼져 많은 사람들을 정신적으로 구제했고, 스님은 이 시대 평범한 자들의 사표가 되었다. 정말 죄송한 표현이지만, 스님 역시 세상에 지천으로 굴러다니는 미욱한 중생들과 마찬가지로, 일개 개인이었다. 그런 일개 개인이 세상을 움직였으며, 죽어서도 움직이고 있다. 소수가 어떻게 힘을 발휘하는지 보여주는 좋은 사례라고 생각한다.

나는 역사에서 배웠다. 위인이라, 영웅이라, 혁명가라, 선구자라, 열사라 불리는 수많은 소수들을. 언론과 인터넷을 통해 수없이 만나고 있다. 멋지고, 아름답고, 위대한 소수들을. 저 소수들이 있기에 나의 시대가 이만큼 살 만한 것이라고 감사하곤 한다.

보잘것없는 한낱 소수인 나는, 멋지고 아름다운 소수를 감히 꿈도 못 꿀 만큼 미약한 나는, 새해에 바란다. 내가 최소한 저 후안무치한 소수를 또다시 국회에 보내는 소수가 되지 않기를.

3부

무슨 날

부담스러운 날

●

나는 가족적인 날을 부담스러워한다. 특히 부모님
과 관계된 날은 힘들다. 이번엔 무슨 선물을 해드려야 하나, 어
떻게 단 하루라도 기쁘게 해드릴 방법이 없을까, 좋지도 않은 머
리를 굴리는 것은 별로 힘들지 않다.

결국 선찮은 선물 하나 달랑 올리고 밥 한 끼 식사로 축하 잔치
를 마감하고 마는데, 이 당일 날의 자괴감이 너무 힘들다. 나는 왜
이리 못나서 이렇게밖에 못 해드렸나 죄송한 것이다. 다음 해는
정말 멋지게 꾸며드리겠습니다. 백 번, 천 번 결심해도 다음 해 역
시 썰렁한 자리니, 해마다 반성과 자괴의 되풀이일 뿐이었다.

심지어 나와 관계된 날도 부담스러웠다. 어릴 때부터 어린이

날이라면 학을 뗄 지경이었고(어린이날인데 아무것도 못해준다는 부모님의 탄식이 듣기 싫어서였다), 내 생일도 끔찍이 싫었다. 어머니가 우리 귀한 아들 이번에 어떻게 생일상 차려주나 며칠 전부터 걱정하는 것도 보기 싫고, 친구들 생일도 못 챙겨준 주제에 매번 겨울방학에 걸리는 생일에 친구들을 불러 모을까 말까 고민하는 것도 귀찮았기 때문이다. 그래서 내 생일만큼은 홀로 고독한 존재인 양 아무도 모르게 조용히 지내게 되었다.

그런데 결혼을 했더니, 날이 순식간에 열몇 개는 더 생기는 거였다. 처가 식구들 각종 기념일은 논외로 하고 매우 중요한 것만 따져도, 결혼기념일, 내 생일, 아내 생일, 아기 탄생일 네 개나 되었다. 여기서 내 생일은 빼고 싶었지만, 그게 어렵다는 게 문제다. 더욱 큰 문제는 내 생일 전전전날이 아내 생일이라는 데 있다.

누가 뭐래도 꽃보다 사람이 아름답다. 사람들은 사랑을 하기 때문이다. 특히 가족이라면 끔찍이 사랑하는 게 인지상정이다. 그래서 부모는 자식들의 생일을 그토록 끔찍이 챙기고, 자식들은 부모님의 생일을 최고의 날로 만들기 위하여 몇 달 전부터 애쓰며, 형제자매는 생일날만은 평소에 못하던 닭살 돋는 우애 표현도 하기 마련이다. 마음에는 한가득하나 보통 날은 도저히 나타낼 수 없던 사랑의 마음을 1년에 한 번, 생일에는 꼭 전했던 것이다.

그러므로 나는 아내의 생일만큼은 사랑을 표시해야 했다. 더구나 아내의 생일 한 달 전이 결혼기념일이었다. 결혼기념일에 못해준 것까지 함께 나타내야 하니 여간 괴로운 게 아니었다. 아내를 처음 만난 지 세 해째, 지난 두 번의 생일 때 못해준 것까지 생각하니 더욱 골치가 아팠다.

참으로 나는 사랑을 표현하는 방법을 몰랐다. 내 과거 전력을 대충 알고 있는 아내 말마따나, "허구한 날 말로만 사랑한다 하고 나타내지를 못해서" 여러 번 이별을 경험했다. 유행가는 이별을 많이 하면 눈물 흘리느라고 눈은 아플지언정, 사랑하는 방법을 터득하게 된다 했는데, 나는 참 멍청이였던가 보다. 과거의 상처를 바탕으로 아내를 날마다 행복하게는 못 만들지언정 가끔은, 최소한 결혼기념일이나 생일만큼은, 아내가 "나는 너무너무 행복해요!"라고 흥얼거리도록 만들어줘야 하지 않겠는가.

그런데 결국 아내의 생일에, 나는 또다시 아무것도 해주지 못했다. 미역국도 안 끓여주었으며 심지어는 선물도 주지 않았다. "카드 빚이 있지만 내가 이 카드로 선물 사 올까?"라고 천연덕스럽게 묻고, "됐어, 한 푼이라도 아껴야지"라는 당연한 대답을 듣고 말았을 뿐이다. 물론 밥 한 끼는 먹었다. 애 낳고 처음으로 횟집에 가서 광어를 먹었다. 그것으로 생일 축하 끝, 하고 말았다. 그리고 그날 나는 종일 인상을 쓰고 있었다. 황후마마처럼 모셔야 되는 날인데, 식모 대하듯 한다는 반성을 자정까지 했다. 차라리 아내를 눕혀놓고 마구잡이 스트레칭이라도 해주는 것이 훨씬 훌륭한 축하였을 텐데, 이런 생각이 든 건 다음 날 늦게였다.

"내가 당신 생일 엉망으로 챙겨줬으니, 당신도 내 생일을 절대 챙기지 마"라고 강요했다. 그러나 아내는 이틀 동안 지지고 볶더니 내 생일상을 차려내고야 말았다. 내 생일상을 차렸다는 이유로 그날 나는 또 종일 신경질을 부렸다. 그게 또 어찌나 미안하던지 며칠 동안 아내의 얼굴을 제대로 보지 못했다. 정말이지 나는 아내를 사랑하지 않을 수 없다. 나 같은 멍청이와 살아주고 있으니 말이다.

1월엔 설날이 있다. 아내는 설거지하느라 고생이 많을 것이다. 그리고 2월엔 밸런타인데이가 있다. 내가 별로 좋아하지 않던 날 중의 하나지만, 결혼하니 괜스레 부담스러워진 날 중에 하나다. 작년 밸런타인데이에 우리는 뭘 했던가? 기억이 나지 않는다. 올해 밸런타인데이에는 아내에게 나의 사랑을 먼지만큼이라도 전해줄 수 있을까.

삼일절

●

만세를 부른 지 어언 100년이 돼간다.

최근엔 좀 덜한 것 같은데, 과거에 일본과 축구를 하면 선수들은 말 그대로 구국의 전사처럼 거의 목숨을 걸고 공을 찼다. 다른 종목도 마찬가지였다. 일본과의 경기는 그야말로 생사를 건 백병전 같았다. 관중이나 시청자도 마찬가지였다. 일본에 지면 자결이라도 할 듯, 목숨이라도 건 양 응원을 했다. 36년 동안이나 터전과 삶을 유린당했던 상처와 그로 인한 적개심은 세대가 아무리 바뀌어도 변치 않았던 것이다.

그런데 한국인의 분노는 스포츠에만 있는가 보다. 친일파의 후손들은 지난 세월 너무나도 당당하게, 으르렁 떵떵 살아왔다.

고명하신 분들, 거슬러 올라가면 상당수가 친일파 조상의 후덕을 입었을 게다. 재계, 학계, 군부에도 친일파 조상의 권위와 경제력을 세습한 이들은 넘쳐난다. 노동판에서 출판업계까지 일본의 잔재는 진하게 여전하다. 게다가 1960년대에는 군사정부가 기적의 경제 부흥 자금을 마련하려고, 민족의 상처를 헐값에 팔아먹은 창피함도 있다. 일본 제국주의자들에게 유린당했던 장삼이사 조선인들은, 지난 70여 년간 친일파 후손들에게 능욕당하고 살아온 것이다.

그게 쪽팔리고 화가 나서, 스포츠에서나 그토록 악과 용을 썼던 것일까?

거짓의 날

•

평소에는 '우린 모르고, 알고 싶지도 않아요!' 하며 살던 가치와 의미와 사람 등을 기리고 챙기기 위해, 무슨 '날'이 있다. 명절은 평소 조상과 고향과 부모와 가족 친지를 잊고 살다가 밀린 숙제 하듯 그 모든 것을 한꺼번에 챙기는 날이다. 각종 관공서 냄새가 풍기는 날들은 공무원들이 갖가지 행사로 정신없는 날이다. 종교적인 날들은 종교인들이 바쁘고, 밸런타인데이 같은 러브적인 날은 연인들이 당연히 바쁘고 이성에 굶주렸으나 이성이 없는 남녀들도 바쁘다. 국가 기념일은 사물함에 처박혀 있던 태극기와 어디에 숨어 있었는지 모를 애국심이 별안간 솟아 강물처럼 흐르는 날이다.

그런데 만우절은 도대체 뭐 하자는 날인지 모르겠다. 만우절은 일반적인 논리에도 맞지 않는다. 평소 거짓말을 안 하던 사람들이 1년에 한 번 거짓말을 하는 날이어야 일반적인 논리에 부합한다. 하지만 사람들은 '10명 중 7명'이 평소 '가벼운 거짓말'은 밥 먹듯이 하고, '무거운 거짓말'도 때때로 하지 않을 수 없다.

평소에는 거짓말이 아닌 척 거짓말을 했지만—그러니까 사기를 쳤지만, 이날만큼은 순수하고 깨끗한 '진짜 거짓말'을 하자는 건가?

투표

●

    왜 자꾸만 투표율은 낮아지는 걸까? 어차피 돈 많고 학력 높고 감투 이력 화려한, '서민'과는 다른 세계에서 사는 분들이 후보로 나온다. 당이라는 것도 내내 보아왔듯이 '그들만의 세상'이다. 대중은 듣도 보도 못한 당 사이에서, 익숙하기는 하지만 있으나 마나 하다고 평소 생각하던 몇 개의 당을 놓고 저울질을 해야 하며, 그 당들이 내세우는 그 나물에 그 밥 같은 누구 하나를 선택해야 한다. 누굴 뽑든 그 누구는 임기 내내 엉터리 짓만 일삼으리라는 것을 뻔히 아는 처지에, 왜 꼭 투표를 해야 한단 말인가? 누가 되든 상관없는 것이다!

    그럼에도 나는 웬만하면 투표를 해왔으며, 오늘도 꼭 투표를 하려고 한다. 내가 가진 한 표가 신성해서가 아니라, 의무감 때문이다. 만약에 한국 사회가 조금씩이나마 발전되어 왔다면, 그래도 그나마 그중에서 나은 당과 사람을 골라내려는 한 표 한 표의 노력들이 일궈낸 승리다. 투표는 선택이 아니라, 불가피한 의무가 아닐까.

또다시 투표를

●

　　청문회에서 기막힌 말 한마디를 들었다. 한 국회
의원의 말씀이었는데, 검찰이 국회의원을 도둑으로 몰아간다면,
그 국회의원을 뽑은 국민들을 도둑으로 모는 것과 같다는 거였
다. 귀가 의심스러웠다.

　내가 분명히 들은 말이지만, 나는 아니면 말고 식의 폭로를 일
삼아도 괜찮고 죄를 지어도 법 앞에 떨 필요가 없는 국회의원이
아닌 한낱 필부이기에, 이런 글에 누가 그런 말을 했다고 쓰기
위해서는 몇 시 몇 분에 어떤 국회의원이 무슨 말 도중에 그렇게
말했다고 똑 부러지게 해야만 밤에 잠을 편안히 잘 터이다.

　그러나 나는 국회의원 흉내를 내보는 차원에서, 내 기억이 맞

는다고 가정하고, 나의 총선 경험을 토대로, 국민이 왜 도둑놈 같은 국회의원을 뽑을 수밖에 없었는지 변명을 해보려고 한다.

돈, 패거리, 당과의 연줄, 학력, 이런 것 없이도 총선 후보로 나설 수 있는 세상이 머지않아 오리라고 믿지만, 지금까지는 아니었다. 한 고을에 돈이 있고 나머지 조건도 두루 갖추어, 총선 후보에 명함을 내밀 사람이 몇이나 되는지 모르겠지만 하여튼 그런 사람들이 총선 후보가 된다. 그러면 그 고을 주민으로서 택할 수 있는 방법은 크게 두 가지다. 투표하지 않기와 투표하기. 투표 불참은 몸은 편하지만 국민의 의무를 다하지 않은 듯해서 마음이 불편하다.

투표에 참가한다면 그 나물에 그 밥 같은 몇몇 후보 중에 하나를 골라야만 된다. 제아무리 소신껏 골라도, 그 나물에 그 밥 같은 한 명을 찍을 수밖에 없는 것이다. 그렇게 해서 국회의원이 된 자는 그 후 4년간 국회에 가서 별 쇼를 다한다. 고을 주민들 입장에서 자기 고을 대표가 국회에 들어가 무슨 짓을 하더라도 구경만 할 뿐 막을 도리가 없다. 그러다 보니 도둑이 된 국회의원도 생겼다.

그런데 그 국회의원이 배를 내밀며 말한다. 나를 도둑으로 만드는 것은 선량한 내 지역구 주민들을 도둑으로 만드는 것이다, 라고. 솔직히 국회의원의 말이 전적으로 틀린 것 같지는 않다.

하지만 왠지 억울하다. 투표를 안 할 수도 없고, 그게 그거 같은 자들 중에 하나를 뽑아야 되는 제도하의 힘없는 필부의 입장에서 억장이 무너진다.

필부는 국민의 의무를 다하기 위해서 귀찮은 몸뚱이를 이끌고 투표에 참가했다가, 소중한 한 표를 소신껏 행사했다가, 덩달아 도둑의 누명을 쓰고 만 것이다. 그러나 나는 4월 총선에서 또다시 투표할 것이다. 그 나물에 그 밥 같은 자들 중에서, 도둑이 될 가능성이 가장 적어 보이는 분에게 한 표를 주겠다.

식목일

●

　　정치인들과 공무원들이 땅 파며 땀 흘리는 모습 보여주기 차원에서, 혹은 방송국들에게 훌륭한 말씀을 신나게 떠들 소재를 주기 위에서, 1년에 딱 하루 나무를 심어봐야 무엇 하는가? 한국 땅의 나무들은 끝없이 죽어가고 있다. 서울에서 제주도까지, 서해에서 동해까지, 끝없는 개발 공사로 지칠 줄 모르는 나라다. 식목일은 마치 나무를 심는 날이라기보다는 앞으로도 열심히 나무를 죽이겠다고 맹세하는 날처럼 보인다. 그날 하루만 나무를 생각하고 위하고 심고, 나머지 날에는 아무 개념 없이, 건설이라는 기치 아래, 나무들을 처없애니까 말이다.

　나무의 관점에서 말해보자. 식목일, 그거 완전히 병 있는 대로

다 주고 약 한 방울 떨어뜨려 주는 거잖아요? 진짜로 우리를, 그러니까 진짜로 환경과 생태계를 위하신다면, 식목일 행사 같은 보여주기 쇼를 계획할 시간에, 쓸데없는 공사를 조금이라도 줄일 방법을 찾아주세요! 우리도 살고 싶다고요!

벌금

•

　　투표를 의무화한 나라들이 있다. 그 국가들의 의무화 제도는 단순하다. 벌금을 물리는 것이다. 나라마다 액수가 다르지만 대체로 5만 원 정도인 것 같다. 그 나라들은 단지 5만 원의 벌금을 물리는 것만으로, 한국인의 두 눈이 동그래질 만한, 80~90퍼센트 대의 경이적인 투표율을 올리고 있는 것이다.

　　한국 사회도 시나브로 2대 8로 가고 있다니, 2대 8의 논리로 말해보자면, 2에 해당하는 이들은 5만 원이 껌값일는지도 모르겠으나, 8에 해당하는 이들은 어마어마한 액수일 테다. 경조사를 한 번은 방어할 수 있는 돈이며, 온 가족이 외식 한 번을 해볼 돈이며, 귀중한 기름을 절반은 채울 수도 있는 돈이며, 부모님께 간만에 효도할 수도 있는 돈일 테다.

　2에 해당하는 이들은 그까짓 것 5만 원 때문에 귀찮게 못사는 것들 만나러 투표소에 가냐 안 가고 말지 하고는 불참할 확률이 높지만, 8에 해당하는 이들은 그런 어마어마한 돈을 앉아서 버리느니 그까짓 투표하고 말자 하고는 참여할 확률이 높다. 투표율이 절반 이하로 떨어졌다. 계속 이런 식이면 벌금 제도 도입이 불가피할 것이다. 벌금 내지 않으려고 투표하는 세상을 앞당기지 않으려면, '자유로울 때 잘해'야 되지 않을까.

법의 날

•

남자는 딱 세 번 운다. 태어날 때, 부모님을 잃었을 때, 나라가 망했을 때. 이 개념 없는 말이 언제 어떻게 생겼는지는 모르겠지만, 아직도 인기를 누리고 있다. 어떤 남자들은 이 말을 무슨 교리 진리인 양 설파하다 못해, 후배 제자들에게 강요하기까지 한다.

진실을 말하자. 대부분의 남자는 곧잘 운다. 꼭 눈물을 비치고 크게 울음소리를 내야만 우는 것인가. 마음속으로 운 것도 우는 것이라면 거의 날마다 울고 있다. 살아온 것 자체가 울음의 연속이었다. 울 일이 좀 많은가? 차라리 남에게 보이도록 우는 남자는 속 시원하기라도 하지, 속으로 우는 남자는 울화와 노기가 쌓여간다. 이른바 스트레스다. 그러니까 그 말은, 그 세 번만 울어야 한다는 뜻이 아니라, 크게 소리 내어 울어도 괜찮은 경우는 그 세 번밖에 없고, 나머지는 모조리 속으로 울어야 하는 남자들의 처량한 신세를 빗댄 것인지도 모른다. 남자들이 그럴진대 남자보다 대접 못 받는 여자들은 얼마나 울 일이 많겠는가.

울어야 할 이유가 좀 많은가, 라고 했지만, 그 잘난 법(법을 만드는, 판단하는, 집행하는 사람들을 포함하여) 때문에 우는, 법 없이 살 사람도 많은 것 같다. 법아, 법 없이 살 사람들을 더 이상 울리지 마라.

법은 잘 모릅니다

●

"법은 잘 모릅니다." 뉴스로 보고 들을 때는 말 그
대로 '법을 잘 모른다'는 의미로 받아들였다. 그런데 곱씹어보니
그토록 단순한 말이 아닌 것 같다. 생각할수록 기막힌 언중유골
이다.

첫째, 겸손을 마음껏 표출한 말일 수 있다. 법을 모르신다니,
도저히 믿을 수 없다. 설령 자신은 모를지라도 법을 너무나도 잘
아는 사람들을 엄청나게 거느리고 있다. 주위들은 풍월이 만만
치 않을 테다. 그러니까 '법은 잘 모릅니다'는 일종의 반어법으
로서 숭엄한 경지의 겸손을 자랑한 말일 수 있다.

둘째, 법은 (수사, 해석, 적용 등이 사람에 따라서 얼마든지 달라질

수 있는 것이므로 결과를) 잘 모르는 게 당연하다는 말일 수도 있다. 옛날 유명했던 범죄자의 입에서 나와 시대를 풍미했던 말 '유전무죄, 무전유죄'처럼 돈이나 권력이 있고 없음에 따라, 있는 정도에 따라, 법의 이해와 판단은 얼마든지 달라질 수 있다는, 아니 법의 역사가 죽 그래왔다는, 저간의 사정과 지금의 현실을 예리하게 함축, 정의하고 있는 말인 거다.

셋째, 법을 비웃거나 어르거나 겁주는 말일 수도 있다. 법이 아무리 날고 뛰어보았자 진실을 밝혀낼 수 없다. 법이 아직도 우리(특권계층 혹은 금수저 족속)의 거대한 힘을 모르고 있는 거 아냐? 하고 사탕 주며 회초리 때리는 말인 거다.

근로자의 날

•

나는 봄이 우울하다. 봄은 곧 한창 농사철을 얘기했고, 고향에서 흙투성이로 종일 동동거렸을 부모님 생각이 나서였다. 부모님은 그렇게 몸뚱이를 움직여 먹을 것을 구하고 있는데, 나는 글 쓰고 떠드는 것으로 먹을 것을 구하고 있는 것이다. 부모님이 한평생 육체노동으로 꿈꾼 것이 '자식의 펜대 굴리는 삶'이었으니, 바라시는 대로 살고는 있지만, 그래도 마음이 편치 않다. 어머니는 나의 노동을 '머리 쓰는 일'이라고, 너무 머리 쓰다 잘못되지 않을까 늘 걱정한다. 반대로 나는 부모님의 육체를 늘 걱정한다. 머리 쓰는 일과 몸 쓰는 일, 어느 쪽이 더 힘들까? 아마도 거의 비슷한 정도로 힘들 테다. 가치도,

보람도 우열을 따지기 힘들 테다. 아니, 그런 것을 따지는 것이 무의미할 테다.

그런데 두뇌 노동과 육체노동 간에 너무나도 차이 나는 게 있다. 바로 노동의 대가다. 몸을 많이 쓰는 노동일수록 돈을 조금 번다. 이 땅의 수많은 농사꾼과 공장 노동자들은 그토록 몸뚱이를 놀리면서도, 머리 쓰는 사람들에 비해, 너무나도 적은 돈을 벌고 있다.

근로자의 날, 혹은 노동자의 날이다. 어쩐지 '육체노동자가 열 받는 날'이라고 표현하고 싶어진다. 몸 쓰는 노동에, 보다 정당한 대가가 지불되는 세상을 꿈꿔본다.

어린이날

•

      어린이는 가장 좋아하지만 어른은 가장 싫어하는 날은? 어린이날이 아닐까. 주말도 그렇게 기쁘지 않고, 5일제 근무가 참으로 원망스럽다. 토요일과 일요일 몸 바쳐서 아이와 놀아줘야 한다. 그런데 이번 주말 다음엔 곧바로 그 어린이날인 것이다. 장장 3일, 벌써 눈앞이 깜깜하다. 나는 아이에게 진지하게 물어본 적이 있다. "아빠랑 엄마랑 공원 같은 데 놀러 가는 게 좋아? 집에서 책 보는 게 좋아? 너도 5일 동안 유치원 다니느라고 힘들었을 것 아니니?" 책을 거의 안 보는 아이는, "놀이터에서 노는 게 좋아!"라고 타협성 발언을 했다. 나도 그 정도에 만족하고 놀이터에서 각종 스포츠를 하는 것으로 주말을 보낸다. 교통 체증에 시달리며 사람 들끓는 곳에 안 가는 게 어디인가.

하지만 어린이날만큼은 어딘가를 가야만 할 것 같다. 작년만 해도 어린이날이 뭔지 잘 모르는 것 같았는데, 일곱 살 되더니 어린이날은 기어코 어디로 다녀와야 하는 것으로 아는 것 같다. 안 갔다가는 두고두고 원망받을 테다. 그래, 기쁘게 가자. 생각해보면 아이가 나랑 놀아줄 시간이 얼마나 된다고. 어리니까 엄마 아빠랑 놀아주지, 중학교만 들어가도, 거꾸로 우리가 아무리 놀아달라고 해도 안 놀아줄 것 아닌가.

그런데 어디로 가지?

어버이날

•

　　스무 살 때 술집 서빙을 했다. 함께 일했던 친구는 대학에 가지 못했다. 나는 대학생이었다. 한번은 둘이 새벽까지 술을 마셨는데, 친구가 울먹였다. 아버지의 급작스러운 죽음이 기점에 놓인 패가망신의 역사였다. 슬픈 얘기였다. 그런데 친구가 문득 힐난했다.

　"넌 왜 아무 말도 안 해? 너도 무슨 말 좀 해봐."

　"미안해. 난 너무 편안하게 자라서, 난 상처가 없어서, 남 상처 얘기를 들으면 어떻게 반응해야 할지를 모르겠어서."

　"너도 어려우니까 술집에 일하러 온 거 아냐? 어려우니간!"

　"어렵다기보다는 아르바이트지."

"그렇지, 너희 대학생들은 다 아르바이트지. 나 같은 놈한테는 일인데, 나 같은 놈한테는 지독한 삶인데, 너희 대학생들은 삶조차 아르바이트지."

친구는 지금 어떻게 살고 있을까? 분명한 것은 오늘따라 더욱 돌아가신 아버지와 그를 홀로 키운 어머니가 간절할 테다.

스승의 날

●

〈엄마가 뿔났다〉에서, 다른 드라마에서는 거의 보기 힘든 장면인데, 책 껍데기만 나온 게 아니라, 책 속을 읽는 장면이 세 번이나 나왔다. 지나치듯 나온 게 아니었다. 틈만 나면 독서하는 가난한 엄마, 며느리에게 독서를 강요하기까지 하는 부자 엄마, 두 엄마는 너무나도 다른 삶을 살지만, 딱 한 가지에서 같다. 독서가 생활의 일부라는 점.

외람되게도 넘겨짚자면, 전 국민이 인정하는 대작가는 한국인에게 메시지를 전하고 싶었나 보다. 책 좀 읽으라는. 대작가의 은근한 메시지가 통했으면 좋겠다. 그 드라마에 열광하는 엄마들이 한두 권씩만 읽어도 수백만 권은 더 읽히지 않겠나. 독서의 재미를 아는 분들은 알아서 읽지만, 아직 모르는 분들이 많다. 벌써 오래된 일이지만 한 코미디 프로의 책 읽기 운동으로 독서 광풍이 분 적이 있었다. 독서마저 개그가 된 게 서글프기는 했지만, 어쨌든 '느낌표 책'들은 많은 이들에게 독서의 맛을 깨닫게 했다. 그런 푸닥거리를 또 바랄 정도로, 드라마 덕분에 뭔 일 나지 않을까 기대할 정도로, 책을 안 읽는 시대라는 게, 내 생각이다.

가장 위대하고 참된 스승은 책이라는 걸 전 국민이 다 아는데, 왜 책은 안 읽히는 것일까? 스승의 날, 책 스승님도 좀 챙겨주자고요.

부부의 날

●

봄인가 했는데, 벌써 여름이 된 듯하다. 5월인가 했는데, 벌써 하순이다. 새삼스레 5월 달력을 보니, 과연 '가정의 달'이라 할 만하다. 자식에게 못 해준 게 미안해 왕창 챙겨준 어린이날, 못 한 효도 꽃과 선물과 전화로 때운 어버이날, 어린 고아들을 한번쯤 생각해보는 입양의 날, 어버이와 동격인 스승을 대접하는 날, 자식들이 어른이 되어 부모 가슴을 뿌듯하게 하는 성년의 날, 그리고 심지어 부부의 날도 있다. 누가 작정하고 이 모든 날들을 5월에 몰아넣은 것 같다.

아무래도 기후 때문인 것 같다. 사람은 날씨 따라 산다고, 1년 중 가장 다정한 달에, 다정한 관계를 뽐낼 날들을 몽땅 집어넣은 것이다.

　사실 부부의 날이 있다는 것을 모르고 살아오다가, 이번에 달력 보고 알았다. 당연히 부부의 날이라고 아내에게 선물은 고사하고 따뜻한 말 한마디 건넨 적도 없다. 지금이 어느 시대인데 평생 해로하라는 식의 부부의 날 같은 걸 다 만들었나 우스우면서도—하긴 워낙 갈라서는 부부들이 많다 보니 그런 흐름을 막아보겠다고 만든 날인지도 모르겠다—뭐라도 해주어야지 않을까, 부담감이 막 생긴다.

환경의 날

•

　　환경을 말할 자격이 있는가? 일단 차 가진 사람들
은 할 말 없다. 차 제작에 들어간 환경 파괴는 둘째 치고, 도로 건
설을 위한 환경 파괴와, 차 끌고 다니느라 하고 있는 환경 파괴
를 생각하면 유구무언이다. 나 같은 글쟁이들도 할 말 없다. 책
한 권에 숲이 하나 사라진다니. 가장 자연 친화적으로 보이는 농
부들도 농사 자체가 환경 파괴일 수밖에 없다는 점을 감안하면
역시 할 말 없다.

　이런 식으로 따지면 그 어떤 인간도, 삶을 영위하는 한, 환경
을 말할 자격이 없다. 그럼에도 불구하고 우리는 환경을 말한
다. 솔직히 인정하자. 지금까지는 환경을 파괴하는 것으로 먹고

살아왔지만, 더 이상 파괴했다가는 먹고사는 건 둘째 치고, 생존을 위협당할 만큼, 환경이 망가진 거다. 이미 도를 넘어서 파괴해온 것이다. 이제라도 적당히, 살살, 파괴하자는 것이다. 특히 한국은 서양 나라들 수백 년 걸리는 거 단숨에 따라잡느라고, 원 없이 파괴해왔다. 계속 이러다간 내 자식 발붙일 데나 있을는지. 그래서 우리는 환경을 외칠 수밖에 없다. 그런데 아직도 한국은 구석구석 날마다 공사판이다.

슬픈 태극기

●

     현충일은 참 슬픈 날이다. 애국선열과 국군 장병들의 충절이 생각나기 때문만은 아니다. 국가를 위해 국민이 있는가? 국민을 위해 국가가 있는가? 국민이 먼저인가, 국가가 먼저인가? 국민이 먼저고, 국민을 위해 국가가 있다는 데 그 누구도 이의를 제기하지 않을 것이다.

  혹자는 말할 테다. 국가가 있어야 국민도 있는 것이다. 그러므로 국민은 언제든지 국가를 위해 목숨을 버릴 수 있어야 한다. 하지만 반대로 생각해보자. 국가가 제대로였다면, 국가가 그러한 전쟁에 휘말리지 않았다면, 권력자들이 자신의 권력이 아니라 국민을 생각했다면, 권력자들이 정치를 잘했다면, 그릇된 명

령을 내리지 않았다면, 애국선열과 국군 장병은 죽어야 할 까닭이 없었다. 그분들께서 진정 국가보다 먼저인 국민을 위해 죽었다면 저승에서 하나도 슬프지 않을 테다. 하지만 그분들께서 국가나 국민이 아닌 권력자들의 욕심과 실수 때문에 죽은 것이라면 그 얼마나 억울할 텐가.

주말

•

주말이 되면, 등산을 하거나, 스포츠를 즐기거나,
가족과 함께 여행을 가거나, 하는 것을 낙으로 사는 분들이 계시
다. 아마 그런 분들은 주말에 움직이지 않으면, 다음 주말까지
목에 가시 걸린 것처럼 불편할 테다. 비 오는 주말이 원수 같으
리라. 집에 처박혀 혼자 뒹굴뒹굴 노는 상태를 염원하는 분들도
계시리라. 다만 하루만이라도 사람과 차와 업무에 시달리지 않
고 철저히 혼자가 되고 싶은 게다.

그러나 혼자 노는 주말이 허락된 사람은 그렇게 많지 않다. 결
혼식을 비롯한 각종 잔치에 가야 한다. 아이와 아내(남편)는 자기
들끼리만 어디론가 가주지는 않는다. 특히 아이와 배우자가 어딜

가기를 좋아하는 성향일 경우, 주말은 고통의 축제일 수 있다.

부모님도 마음에 걸린다. 이번 주에는 뵈러 가야 하지 않을까가 매주 하는 고민이다. 그런데 주말을 끔찍하게 외로워하는 분들도 계시다. 단 하루만이라도 가족과, 부모님과, 벗들과, 얘기하고 여행하고 밥 먹고, 이 소박한 꿈을, 여건상 실현하지 못하는 분들이 그 얼마나 많을 텐가. 열심히 일하던 평일에는 잊고 살던 외로움이 한가한 주말에 안개처럼 밀려오는 것이다. 어김없이 또 주말이 되었다. 어찌 되었든 자기가 원하는 주말을 보내기 위해 애써볼 일이다.

광복절

•

스무 살 무렵에 정말로 이해할 수 없었다. 너무나
도 죄가 명백한 전직 두 대통령을 유야무야 풀어준 어른들의 기
만적인 행위를. 최고형을 차마 못 집행하겠다면 최소 10년은 가
둬놓아야 그나마 억울한 국민들 손톱만큼이나 달래줄 수 있었
다. 그토록 극악무도한 죄를 지었는데, '국민 화합' 차원이란 허
울 좋은 논리로 신선처럼 살게 놔두고, 아직 비자금도 회수 못
하고 있다.

그때의 청소년들만큼은 아니겠지만 이 시대의 청소년들도 어
지간히 헷갈리겠다. 광복절이 언제부턴가 너무나도 명백한 죄를
지은 정치 모리배, 악독 재벌, 비리 공무원 사면의 날이 돼버렸

다. 그들은 사법 권력과도 절친해서 웬만하면 범죄자가 되지 않는다. 그런데도 범죄자가 되었다는 것은 그들의 죄가 그만큼 명백했다는 거다. 그런 못된 분들을 그토록 쉽사리 풀어주다니. 청소년들도, 먹고살기 위해서 어쩔 수 없이 사소한 범법 행위를 한 서민들에 대한 사면은 이해할 테다. 그러나 저 귀족형 범법자들에 대한 너무 빠른 사면은 절대로 이해 못 할 것이다.

광복절은 '일본의 식민지 지배에서 벗어난 것을 기념하고, 대한민국 정부 수립을 경축하는 날'이 아니라, 『도덕』, 『사회』, 『국민윤리』 등 교과서에 나오는 당연한 말들을 쓰레기로 만드는 날이다.

대이동 스트레스

•

　　명절에 며느리가 스트레스 받는 것은 오래전부터 기정사실이었고, 이젠 남편도 사위도 딸도 시부모도 심지어는 아이까지도 명절 스트레스를 확실하게 받는다는 것을 인정하고 있다. (해외로 놀러 나가는 분들은 제외하고 말하자면) 우리 민족은 명절에 집단적으로 스트레스를 주고받았던 것이다. 최근에야 스트레스를 인정해주고 마음껏 표현할 수가 있어서 그렇지, 과거에도 말은 못했지만 사람들의 명절 스트레스는 엄청 났을 테다.

　우리는 왜 그 스트레스 완전 충전의 행위를 1년에 두 번씩 어김없이 되풀이하고 있는 것일까? 수고가 많을수록 보람이 크다. 소수가 하는 것보다 다 함께 하는 것이 더 감동적이다. 효심과 자애심은 차량 정체가 길어질수록 상승한다. 차례와 성묘라는 1년에 두 번밖에 않는 행사를 통해 가족 구성원의 결속력이 눈에 보일 것처럼 용솟음친다(정말이지 딱 명절 때만 상봉하는 부모 형제들의 경우에는 1년에 두 번밖에 없는 일이라는 것 자체에서 오는 희귀성 때문에 감동과 보람이 더욱 클 테다).

어쩔 수 없는 대이동의 스트레스를, 그 뜨거운 여름날 무지막지한 정체를 극복하며 결국 가고야 마는 휴가와 같은, 큰 감동과 보람을 얻기 위한 당연한 수고라고 생각하면, 길은 막혀도 마음은 좀 뚫리지 않을까.

우스운 날

●

     사실 '한글'이라는 말 속에, 이미 한글의 애매한 신세와 가시밭길 노정이 예견되어 있다. 영어, 프랑스어, 일본어 등을 보라! 모두 '말 어語' 자가 붙어 있다. 통상적으로 '말 어'는 말과 글자를 동시에 뜻한다. 영어는 말과 글자를 동시에 가리키는 것이다. 그런데 한글은 불행히도 글자만 가리키고 있다. 한국어가 됐어야 했는데, 한글로 태어난 것이다. 한글이란 말에는 말 따로 글자 따로 해도 상관없다는 방관이 내포되어 있다. 강제로 배운 일본 말은 끈덕지게 오래갔다. 하지만 글자만은 우리말로 쓰려고 무던히도 애를 썼다. 다들 말은 '와리바시', '벤또'라고 했지만, 글자는 '나무젓가락', '도시락'으로 썼던 것이다. 영어 말이 득세한 이후에도 노력은 계속되었다. 말로는 '아이 러브 유'라고 했지만, 글자는 '사랑해'라고 썼던 것이다.

그러나 이제 말 따로 글 따로의 모순을 포기할 작정인가 보다. 거리의 간판들, 외국영화와 번역 서적 제목들, 상표들, 제품 이름들, 거의 모든 것들이 영어 말 그대로 적혀 있다. 우리말로 바꿔서 적으면 무식한 촌놈 소리를 듣는다. 우리말을 빠른 속도로 망각해가며, 영어 말을 소리 나는 대로 옮겨 적는 처지로 전락한 저 글자, 저게 바로 한글의 현재 모습이다.

체육의 날

•

　　'체육의 날' 기념 삼아 한번 따져보자. '스포츠(의
참된) 정신'은 무엇인가? 무엇보다도 '헝그리 정신'이 떠오른다.
새마을정신, 헝그리 정신, 스포츠 정신이 동의어이던 때. 먹고
배부르겠다는 일념으로 죽기 살기로 뛸 수밖에 없었다. 그러나
헝그리 시대는 예전에 갔다. 스포츠는 투자한 만큼 얻어내는, 누
가 더 배부른가의 경쟁이다. 우리 스포츠는 올림픽 7등을 할 만
큼 배가 부른 것이다.

　흔히 '스포츠를 통해 화합하고 단결하듯이 한마음 한뜻으로
뭉쳐 힘과 지혜를 모은다면 이 어려움을 반드시 극복할 수 있다
고 확신한다'고 한다. 스포츠 정신이 화합과 단결의 구현이라는

견해다. 가끔은 진리로 오인되기도 하는, 매우 오래되고 가장 대중적인 견해다: 이 견해처럼 모순적인 것도 없다. 편을 갈라서 다른 팀을 이겨보겠다고, 아니면 군계일학이 돼보겠다고 사생결단을 내야 하는 것이 스포츠 아닌가? 하다못해 음료수 한 병을 건 3대 3 농구도 살벌한 게 스포츠다. 같은 팀끼리는 어떨는지 몰라도, 전체적으로 보면 화합이라니? 스포츠를 핑계로 서민들에게 억지 춘향이 같은 화합이나 요구하다니.

학생독립운동기념일

•

　　　'학생의 날'이 아니고 '학생독립운동기념일'이
다. 2006년에 명칭이 바뀌었다. 원래는 '일제강점기 때 일어난
학생 독립운동의 정신을 계승 발전시켜 학생들에게 자율 역량과
애국심을 함양시킬 목적으로 제정한 법정 기념일'이었다.

　세계화 글로벌 시대라 애국심 운운하기가 쑥스럽다. 또 공부
기계, 시험 기계로 사는 학생들에게 무슨 자율 역량이 있을 것인
가? 그저 교육 장사꾼과 학원의 봉 같은 소비자일 뿐이다. 그런
현실이 민망해서 광범위하고 훨씬 그럴듯한 '학생의 날'을 버리
고, 일제 때 독립운동했다는 것을 기억이나 하자는 기념일로 바
꿔버린 것일까?

잘 바뀌었다. '학생의 날'이라고 해놓고 학생들에게 정말 도움이 되는 것은 하나도 해주지 못하면서 괜히 여러 행사로 학생들을 귀찮게 하느니, 그냥 명목상의 기념일로 박아놓고 조용히 지나치는 게 더 나은 것 같다.

생각해보면 참 한심하게 되었다. 식민지 때는 독립운동을 했고, 독재 때는 혁명을 했으며, 1980년대에는 민주화 투쟁을 했던 학생들이다. 2000년대 학생들은 무엇을 하고 있는가? 어른들은 고양이 쥐 생각하듯 학생들을 생각해주는 척하면서, 사실은 각종 규제와 제도로 학생들의 자율 역량 발휘를 최대한도로 막고 있다. 그 대표적인 제도인 수능이 열흘 남았다. 건강한 마무리를 빈다.

농업인의 날

•

풍년이다. 하지만 언젠가부터 풍년이 되면 곡물, 과일, 채소 값이 똥값이 되었다. 올해도 예외 없다. 오죽하면 논을 태우고 과일을 으깨고 채소를 갈아엎겠는가.

'농업인의 날'은 '농업이 국민 경제의 근간임을 국민에게 인식시키고, 농업인의 긍지와 자부심을 고취하기 위해 제정한 법정 기념일'이란다. 허무 개그다. 기념식을 하고, 훈장 포장 표창을 수여하고, 농업인큰잔치나 도농한마당 추수감사제를 열고, 국제학술대회, 국제농업기계박람회, 친환경 농산물 전시 판매 같은 것을 하면, 농업인에게 긍지와 자부심을 준단 말인가? 그런 전시성 행사가 무슨 의미가 있나? 농민이 농촌에서 도무지 살 수가 없도록 몰아가면서, 진짜 농업인은 배알이 꼴려서 절대로 가지 않을, 관료나 유지나 지방공무원들만의 잔치를 벌여놓고는 온갖 생색을 내고 공치사를 듣자는 건가? 차라리 '농업이 국민 경제의 희생양임을 국민에게 인식시키고, 농업인의 긍지와 자부심을 조롱하기 위한 날'이다.

순국선열의 날

•

1980년대엔 일제강점기를 선지피로 그린 영화나
드라마가 많았다. 대개 순국선열 주연에, 야차 같은 일본 경찰과
동족의 피를 빨아먹는 친일파가 쌍두마차 조연을 맡았다. 순국
선열이 지독한 고문을 받던 장면들이 압권이었다. 나는 누가 주
먹만 들이대도 있는 말 없는 말 다 불 것 같은데, 저분들은 어찌
하여 저토록 강인하단 말인가? 무수한 고문에도 의연히 버티며
친일파 주구를 야단치고 일본 경찰에게 침을 내뱉는 저 위대함!
그런데 왜 우리의 위대한 순국선열은 만날 붙잡혀서 고문을 당
해야 한단 말인가? 독립은 대체 언제 이룬단 말인가? 안타깝고
분한 마음에 일본인과 친일파에 대한 무조건적인 적개심이 치솟

는 것이었다.

다 옛날이야기다. 글로벌 시대다. 뻔하고 케케묵은 줄거리를 가진 순국선열 영화나 드라마는 사라진 지 오래되었다. 일제강점기를 다룬 요새 영화나 드라마의 모던함, 일본의 순정 만화나 소설 등을 원작으로 해서 만든 국산 영화나 드라마, 국산보다 더 폭넓게 소비되고 있는 일본 문화! 이런 세상에 '순국선열의 날'이 아직도 달력에 박혀 있다는 게 야릇하다.

우리나라가 일제강점기부터 독립하기 직전까지 헌신, 희생하신 분들을 기리는 날이라고 하는데, 문득 옛날에 보았던 고문 장면의 끔찍함이 떠오른다.

입시 날 풍경의 변화

●

　　우리나라 대학 입시 제도의 세부 사항은 거의 해마다 파격적으로 바뀌어왔지만, 큰 틀은 지난 30여 년 동안 두 번 바뀌었다. 예비고사에서 학력고사로, 학력고사에서 대학수학능력시험으로.

　학력고사 시대는, 단 한 번의 시험 점수만으로, 합격 아니면 불합격이 결정되었다. 이 시대에는 수험생이 대학 정원보다 엄청나게 많았다. 대학이 그 많은 수험생 중에 일정 수의 정원만 뽑는 데에는 학력고사 같은 무식해 보일 정도로 단순한 방법이 최선이었는지도 모른다.

　예비고사는 주소지에서 시험을 치르는 반면에, 학력고사 시대

때는 원서를 넣은 학교에 직접 가서 치렀다. 해서 학력고사는 대학가 상인들에게 화려한 대목이었다.

전국 방방곡곡에서 그 대학에 지원서를 넣은 수험생들이 올라왔다. 수험생은 시험 전날의 예비 소집, 시험 당일, 시험 다음 날의 면접, 이렇게 최소한 사흘은 무조건 대학교 주변에 머물러야 했다. 먼 지방에서, 교통 사정이 열악한 벽지나 도서 지역에서 온 수험생과 예능계 실기를 보아야 하는 수험생들은 기본 사흘 말고 한 이틀 정도는 더 숙박해야 했다. 또 수험생 혼자인 경우도 많았지만, 보호자가 동행한 수험생도 많았다. 전국에서 수많은 사람들이 갑자기 몰려와, 한 며칠 동안 대학가 상인들이 행복한 비명을 지르게 만들었던 것이다.

바야흐로 학력고사 날, 그 대학 교문은 마치 오일장이 선 듯했다. 그 대학에 적을 두고 있는 모 지역 출신 학생들이 플래카드를 걸어놓고 모 지역에서 올라온 수험생들과 그들의 보호자에게 따뜻한 음료를 나눠준다. 격려도 모자라서 모교의 교가를 악을 쓰며 불러주기도 한다. 보호자들과 수험생들은 곧 그들을 시험장 안과 밖으로 갈라놓을 교문 앞에 서서 마지막 결의를 나눈다. 이 인산인해 판을 행상들이 휘젓고 다닌다.

요즘은 같은 시험장에서 함께 시험을 본 수험생이 수능 동지라면, 학력고사 때는 같은 시험장에서 함께 시험 본 수험생이 적이었다. 50명이 함께 시험을 본다면 그들 중 대여섯 명만 합격이고 나머지는 불합격이었으니까. 교문 안에서 그렇게 전쟁과도 같은 시험이 시작되면, 교문 밖에서는 보호자들의 싸움이 시작된다.

교문을 엿이나 찰떡으로 도배하는, 그 추운 바닥에 돗자리를 깔고 연신 절하는, 다른 보호자와 소주를 마시면서 초조감을 달래는, 교문 안 높은 건물을 바라보면서 줄담배 피우는, 같은 지역 출신의 그 대학교 재학생들을 붙잡고 놓아주지 않는, 주문을 줄기차게 외우는…….

보호자들은 그렇게, 교문 앞을 사수했던 것이다. 보호자들에게는 그들 눈앞에 찬란하게 펼쳐져 있는 대학교가 바로 최후의 전선이며 고지였다. 보호자들은 자신이 가장 사랑하는 사람을 그 전선에 들여보낸 것이었다. 보호자들이 모여 있는 교문 밖에 추위에도 불구하고 뜨거운 열기가 피어나지 않았다면, 비장미가 흐르지 않았다면, 그게 더 이상한 일이었다.

그래서 학력고사 시대 때 사람들은 시험 날을 각별히 기억한다. 그 치열한 지원서 접수 과정을 거친 뒤에, 3박 4일의 일정으로 그 대학에 올라가, 전쟁과도 같은 시험을 치른 날, 그날을, 그날의 수험생이, 그날의 보호자들이 어찌 쉽게 잊을 수 있으랴. 이러한 풍경은 다행히도, 제도와 시대의 변화에 힘입어, 거의 사라졌다.

학력고사 제도는 많은 불합리를 야기했다. 해서 전기 대학과 후기 대학으로 나누고, 등급으로 나누어 내신 점수를 반영하고, 면접 점수를 포함시키고, 예능계는 실기 시험을 치르게 하고, 이렇게 매년 획기적인 수정판을 냈다. 그러나 그러한 주먹구구식 미봉책으로는 불합리가 해결되지 않자, 학력고사 제도 자체를, 수능 평가 제도로 바꾸었다.

이러한 입시 제도의 변화는 현실을 철저히 반영하고 있는 것이기도 하다. 대학 정원보다 수험생이 적은 시대가 열린 것이다. 장사꾼처럼 돼버린 대학들이 고객처럼 돼버린 수험생들을 찾아다니며 제발 우리 대학 좀 와달라고 사정하는 시대로 바뀐 것이다.

1990년대의 수능 고사는 다양한 기회를 모토로 한다. 수능 성적이 매우 절대적인 조건으로 작용하기는 하지만, 학력고사 때에 비하면, 거의 누구나 대학에 들어갈 수 있는 길이 열려 있다.

그럼에도 불구하고 입시 경쟁은 왜 늘 여전한가. 수험생들의 불타는 의지가 학교를 잠자는 곳으로 만들고, 학원을 위대한 입시 학교로 성업하게 만들었는가? 바로 이것이 이 시대의 딜레마라고 할 수 있다. 이제 대학에 들어가는 게 지향점이 아니라, 어떤 대학에 들어가느냐가 지향점이 된 것이다. 해서 누구나 대학생이 될 수 있는 시대임에도 불구하고, 입시 지옥은 그 명성을 더욱 강화하고 있는 것이다.

아무튼 시대 변화와, 수능 고사 성적 이외의 다양한 수단으로 대학 입학의 길이 열려 있기 때문에, 수능 고사 시대의 시험 날은 학력고사 시대의 시험 날처럼 비장한 것 같지는 않다. 여전히 고사장을 바라보면서 애를 태우는 보호자들이 있지만 전반적인 현상은 아니다.

오히려 고사장 앞은 보호자들 대신 장사치들로 뒤덮여 있다. 많은 대학이 그날 시험 치른 수험생들의 수능 점수가 높든 낮든 그 수험생들을 꼬드겨야 하는 신세고, 수험생이야말로 올겨울 내내 자기 회사의 수익을 책임져줄 최대의 소비자라고 판단한 업체들이 한둘이 아니기에.

4부

읽고 쓰고 생각하고

돼지띠 소설가의 새해 바람

●

　　돼지한테는 몹시 미안한 말이지만, 나는 돼지 하면 미련하다는 생각이 든다. 어렸을 때 돼지한테 구정물을 주다가 물린 적이 있는데, 그 원한 때문만은 아니고, 돼지에 대한 종합적인 인상과 관념이 '돼지는 미련하다'는 이미지를 머릿속에 박히게 만들었다. 돼지가 자못 똑똑한 동물에 속한다는 연구 결과를 접하고도, 한번 자리 잡은 이미지는 가시지가 않았다.

　그런데 스물다섯 살 때에, 나야말로 참으로 돼지 같다는 생각이 들었다. 이 단무지(단순하고 무식하고 지랄 같은) 돼지 녀석아, 정신 안 차릴래. 하필이면 스물다섯에 그런 대오각성을 했느냐면, 그때도 돼지띠 해였기 때문이었을 것이다. 열두 해 전 그때의 새해 바람은 오로지 하나, 소설가로 데뷔하는 것이었다.

그 바람을 이루기 위해 그 이후로 몇 해 동안 미련하게 소설만 썼고, 소설가로 데뷔한 다음에는 소설가로 존재하기 위해서 미련하게 소설만 썼다. 정신차려 보니 다시 돼지띠 해다. 12년이 훌러덩 지나고 서른일곱 살이 돼버린 것이다.

지극히 개인적인 새해 바람을, 아주 솔직하게, 노골적으로 얘기하자면, 내가 이미 냈거나 낼 책이 보다 많은 독자와 만나는 것(좀 팔렸으면 싶다는 거다), 나의 투철한 직업정신에 의해 탄생한 작품들이 전문적인 평자들의 마음에도 들어 상찬을 받고 나아가 그 상징적인 결과로 문학상이라도 하나 받는 것일 테다. 하지만 이러한 바람은 솔직하지만 비루할 정도로 노골적인 동시에, 비현실적이기까지 하다. 똥돼지가 미련하다는 소리 들어가며 죽을 똥 싸며 노력해도 황금돼지가 될 수는 없는 것이다.

때문에 똥돼지 차원으로, 현실적으로 가능한 바람을 얘기하자면, 올해에도 한 달에 200만 원 정도는 벌 수 있는 일거리가(원고 청탁이) 꾸준히 들어와주고, 한두 권의 책을 출판할 수 있기를 바라며, 나아가 그 책을 보게 될 소수의 독자에게 의미 있는 독서 기억으로 남길 바란다. 간단히 말해서 소설가로 직업을 유지할 수 있기를 바랄 뿐이다. 위에 언급한 것이 안 되면, 나는 소설 쓰는 직업을 포기하고 다른 직업을 찾아봐야 하는 것이다. 또한 가

윗돈이 들어가지 않도록 부모 형제 처자식 중에 아픈 사람이 없기를 바란다.*

이토록 사적으로 이기적인 바람을 가진 자가, 대의적인 바람을 말한다는 것은 우스운 일이겠지만, 내 개인적 직업과 연계되는 바이기도 하므로, 얼굴에 철판을 깔고 말하자면, 무엇보다도 '공공선에 대한 사회 구성원의 인식이 긍정적으로 제고되는 원년'이 되기를 바란다.

1980년대까지는 그 어떤 사고의 소유자든 전체주의적인 틀에서 자유로울 수가 없었다고 생각한다. 1990년대부터 이제까지는, 반대로 너무나도 개인주의적인 틀에만 매달려왔다고 생각한다. 국경을 초월한 다국적기업들의 신자유주의 공세 아래, 걷잡을 수 없이 심화되는 양극화와, 부동산 투기와, 노장년 세대의 각종 광란 행각과, 청년 세대의 백수 상태와, 청소년 세대의 집단 히스테리, 이 모든 현상은, 결국 우리 사회에 공공선이 붕괴되었기 때문이라고 생각한다. 공공선이 있었다면, 더불어 살아가는 사람들을 손톱만큼이라도 생각했다면, 그런 어처구니없는 일들은 일어나지 않거나 파장이 미미했을 것이다.

---

* 꼭 열두 해 전에 쓴 글이다. 돼지띠 작가의 새해 바람이라는 청탁을 받고. 이후 12년 동안 내 새해 바람은 항상 이와 같았다. 내년(2019년) 돼지띠 해 바람도 똑같다.

이제까지 나는 돼지처럼 미련하게 쓰느라 내가 무슨 주제를 쓰고 있는지도 몰랐다. 최근에야 어렴풋이 알겠다. 내가 쓴 주제는, 돼지처럼 미련하다는 오해를 받아가면서도(자신보다는 공공선을 먼저 생각하기에) 성실하게 사는 사람들의 희로애락이었던 듯싶다. 참말이지 올해는, 개인적일지언정 더불어 사는 사람들을 배려하는 성실한 생활인들이, 사는 보람과 기쁨을 만끽하는 해가 됐으면 좋겠다.

그분은 해내셨다!

●

나는 10년도 넘게 소설 창작 강의를 주업으로 해왔다. 나보다 인생 짬밥을 훨씬 많이 드신 분들을 외람되이 가르치는 불경을 무수히 저질러야만 했다.

그분을 처음 만난 곳은 Y대학교 평생교육원 소설창작실습 강의실이었다. 나는 어쨌든 교수였고, 그분은 가장 나이가 많은, 가장 활발히 토론하는, 가장 열심히 창작하는 제자였다.

그분은 환갑도 훨씬 넘으셔서 '일생의 책 한 권'을 소망했다. 그분의 글은 수필 같기도 하고 짧은 소설 같기도 했다. 연세를 생각하면 잘 썼다고 할 수도 있는 글이었지만 객관적으로 볼 때 암담한 글이었다. 연세를 생각할 때 앞으로 글이 좋아질 가망도 없었다. 글쓰기의 고통에 이골이 난 나는 가급적 글을 안 쓰는 게 좋겠다고 말씀드렸다. 글 쓰다가 병이 나실까 봐 걱정이 되었다. 그분은 자신의 인생 편력을 담은 책 한 권을 가질 때까지 글쓰기를 포기하지 않을 것이라고 호언장담했다. "버킷리스트"라고까지 했다.

그리고 3년 후, 또 다른 강의실에서 그분을 뵙게 되었다. 그분이 합평작으로 700매가량의 장편소설을 제출했다. 분량에 놀랐다. 칠순 나이에 이만큼 쓴다는 거 굉장히 힘든 일이다! 얼렁뚱땅 읽고 말 생각이었다. 그런데 문장 하나하나가 내 주의를 자꾸만 집중시켰다. 주마간산으로 읽을 수가 없는 문장들이 유장하게 이어졌다. 세련되다거나 아름답다거나 곱씹을 만하다거나 그러한 문장이 아니었다. 미사여구가 전무했다. 투박하게 생긴 화살이 거침없이 날아가는 느낌? 이윽고 그분의 소설에 빨려들고 말았다. 갈수록 재미있었고 때때로 가슴이 먹먹했다. 그분이 3년 동안 이 소설에 바쳤을 시간에 전율했다. 3년 전의 그 소소하고 문장도 거북했던 글 몇 편이, 기어이 문장도 나무랄 데가 없는 묵직한 자전소설로 완성된 것이다. 얼마나 노력하셨을까! 소설에 감동한 것인지, 그분께서 기울였을 노력에 감동한 것인지 오랫동안 주체 못할 뭉클함에 시달렸다.

합평 시간에 나만 좋게 읽은 것이 아님을 알았다. 끝까지 정독한 두 학우가 계셨고 두 학우 모두 나처럼 그 소설에 경의를 표했다. 한 학우가 한마디로 정리했다. "해내셨다!"고. 정말로 그분께서는 '해내셨다!'. 그분의 자전소설이 책으로 나와, 보다 많은 이의 보람찬 감성 체험에 기여할 날을 학수고대한다.*

---

* 위 글을 쓸 때만 해도, 그분의 책이 조만간 출간될 수 있을 것이라고 확신했다. 내가 아는 출판사에 원고를 보내봤지만 출간하기 어렵다고 했다. 그분이 자비 출간이라도 하시기를 바랐지만, 그 후 소식은 알지 못한다.

계륵

●

책을 정말이지 버리고 싶을 때가 많았다. 특히 이사할 때. 내게 가치 있는 유일한 재산이랍시고 늘 대견해하던 것이, 진절머리 나도록 짜증이 나고는 했다.

책처럼 두 번 이상 보기 어려운 것도 드물다. 아무리 재미있게 읽은 책이라도, 나중에 꼭 다시 읽어봐야지 꼽아놓은 책이라도, 어느 하세월에 그 책을 다시 들추어볼지 기약할 수 없는 일이다. 책꽂이에 꽂아놓으면 언젠가는 다시 들추어보게 된다고 쉽게 말들 하지만, 말이 쉬울 뿐이다. 아직 읽지 않은 책이 하늘의 별만큼이나 많고, 새로 나오는 책이 우후죽순 하는 판국에 한 번 읽은 책을 재탕할 짬을 갖기가 그렇게 쉽겠느냐 말이다.

나도 헤아려보니 재독한 책은 100권이 안 되고 삼독한 책은 서른 권이 안 되었다. 그러니까 나에게 책은 한 번 사용하고 만 물건이었다.

버리지도 못하고, 좋은 일에 쓰지도 않으면서, 나는 왜 책들을 질질 끌고 다니고 있는 것일까. 소유는 곧 집착이라는 말이 나한테는 참 지당한 말이다. 책마다 내 집착이 묻어 있다. 책 한 권을 꺼내면 그 책의 내용은 가뭇해도 그 책을 소유하게 되었을 당시의 감정이 되살아나는 듯하다. 술 마시고 연애할 때는 하나도 아깝지 않던 돈이 왜 책 살 때는 그렇게도 아까웠던지 모르겠다.

책 한 권 살 때마다 벌벌 떨었다. 벌벌 떨며 샀기 때문에 아무 책이나 살 수 없었고, 고르고 골라서 샀다. 내가 가진 책 중의 3분의 1은 천 원, 2천 원에 산 헌책인데 그런 헌책을 살 때도 마찬가지였다. 그리고 책값을 손해 보지 않으려고 열심히 읽었다. 책꽂이에 모셔놓고 늘 뿌듯해했다. 공짜로 얻거나 선물받은 책에도, 이러저러한 경로로 내가 이 책을 소유하게 되었구나 하는 감격이 덧붙어 돈 주고 산 책 못지않았다.

책 한 권 한 권이 내 집착의 응결이었다. 그때의 사진이었다. 그러니까 책꽂이는 내 사진첩과 다름이 없다. 내 이십 대의 파노라마와도 같은.

비롯다

●

 스무 살에 어버이 품으로부터 해방되었던 나는, 대학에 다니고 군대를 갔다 오고 서울에서 직장 생활을 1년여 한 뒤에, 다시금 어버이 품으로 기어드는 꼬락서니가 되었다. 나는 어머니가 아버지 모르게 마련해준 200만 원으로—어머니가 당신의 치아를 심으려고 수년간 모았던 돈이었다—서울에 자취방을 잡았었는데, 어찌하다가 보증금까지 다 날리고, 친구 전셋집에 얹혀살고 있었다.

 아무리 IMF라지만 까짓 아르바이트 자리 하나 못 구하겠어, 정 안 되면 대학교 때처럼 노가다라도 뛰지 뭐, 자신만만했으나 아르바이트 자리는 하늘의 별 따기였고, 노가다 자리는 나 같은 육체노동 젬병에까지 차례가 오지 않았다. IMF를 너무 우습게 생각하고 있던 나는, 마지막 승부수를 띄웠다. 신춘문예에 소설을 투고한 것이다. 상금이 300만 원. 당선만 된다면 방도 다시 잡을 수 있고, 작가로 먹고살 수 있다! 그러나 대학 다닐 때 5천 매의 습작을 하고도 등단하지 못했던 나는, 그해 겨울의 투고에서도 당연히 실패했다. 나는 비참한 심경으로 귀향하여, 농사짓고 소 키우는 아버지에게 의탁하였다.

그렇게 농촌 백수로 살아가던 나에게, 어느 날 두툼한 편지 한 통이 왔다. '너구리'라는 별명을 가진 후배에게서. 그녀에게 왜 너구리라는 별명이 붙은 것일까? 너구리 라면을 좋아해서? 성격이 너구리 같아서? 그런 쓸데없는 생각을 하던 시절이 있었다. 그녀는 한 보름 동안, 저녁 늦게 와서 새벽이 될 때까지 내 방에 머물렀다. 내가 특별히 놀아준 건 아니어서, 자기 혼자 책 보면서 뒹굴뒹굴했다. 책상에서 열나게 자판을 두드리다가 돌아다보면 새근새근 잠들어 있고는 했다. 나는 그녀가 나를 좋아하는 게 아닐까, 달뜨고는 했다.

내 친구 하나가 그녀에게 "네가 그러면 누군들 오해하지 않겠냐? 걔를 좋아하는 게 아니라면 그러지 마라! 걔가 잘못 생각해서 어떻게 하기라도 하면 어쩌려고 그러냐?"라고 했던 모양이다. 이후로 너구리는 내 방에 오지 않았다. 나는 미안한 얘기지만, 그 이유로 친구를 좀 원망했다. 그녀가 나를 좋아하든 하지 않든 나이 어린 후배와 밤을 지새우는 일이 무척이나 달콤했던 것인데, 동화 같은 '별'의 세계가 가뭇없이 날아가버린 것이다.

암튼 그 이후로 너구리와 소원해질 수밖에 없었다. 여럿 있는 데서 마주치기만 했을 뿐이다.

그런 너구리에게서 편지가 온 것이다. 느닷없이. 사실 편지 내용이 지금은 기억나질 않는다. 다만 확실한 것은 너구리는 자기가 쓴 시 열 편인가를 동봉했었다는 것이다. 시를 보고 평해달라는 부탁 말도 적혀 있었던 것 같다. 나는 스물여섯 살까지 시집깨나 읽고 500편의 시를 쓴 바가 있기는 한데 어느 날인가 다 불태워버리고는 시하고는 담쌓고 살고 있었다.

나는 다시 시를 열심히 공부하던 시절로 돌아가, 너구리의 시를 꼼꼼히 읽었다. 그런데 너구리 시에는 특징이 하나 있었다. 의식적으로 찾아 쓴 순우리말이 번다했다. 나는 어휘량을 늘려보려고 국어사전의 순우리말을 하루에 열 개씩 찾아 외운다든가, 이문구 선생의 소설처럼 순우리말 천지인 텍스트를 작정하고 공부한다든가 노력해본 바가 있었던 터라, 너구리의 시에 산재한 순우리말이 공부에 의한 말이라는 것을 알 수 있었다. 그래서 너구리가 사용한 순우리말 시어들이 낯설지는 않았는데, 내가 전혀 모르겠는 말도 더러 있었다. 특히 '비롯은'이라는 시어는 진짜 처음 보는 말이었다. 뭐, 이런 이상한 단어가 다 있나, 이거 오타 아냐, 궁싯대면서 사전을 찾아보니, '비릇다'는 '임부가 진통^{陣痛}을 일으키며 아이를 낳으려는 기미를 보이다'라고 되어 있었다.

그 '비릇다'라는 말이 나에게 엄청난 의미로 다가왔다. 왜 그랬을까? 마침 해산 예정일을 넘긴 외양간의 암소가 비명을 내지르고 있었기 때문에? 만약 내가 나중에 작가가 되는 데 성공할 수만 있다면, 스물여덟 나이에 농사짓는 아버지에게 빌붙어서 사는 지금의 상황이 '비릇는' 시간이었다고 말할 수 있지 않겠나 하는 생각 때문에? 아무튼 그날 새벽에, 그러니까 내가 감상평을 빙자해서 너구리에게 편지를 쓰고 있던 새벽에, 암소는 두어 시간을 비릇은 끝에 새끼를 낳았다. 내가 외양간에 갔을 때 아버지는 막 태어난 송아지를 마른 헝겊으로 닦아내고 있었다.

일주일에 걸쳐 쓴 답장은, 점점 편지라고 할 수 없는 것이 되어갔다. 너구리가 보내준 시 열 편에 대해 조목조목 감상평을 적고, 우리의 다정했던 밤에 대한 회고를 곁들이고, 나의 시골 생활을 적고, 나의 문학적 오기에 대해서 토로하고, 너구리 너도 꼭 좋은 시를 비릇으라고 조언하고, 그랬더니 시나브로 길어졌고, 장장 300매에 달하는, 좋게 말해서 사소설 같은 것이 되고 말았다. 나는 소설의 제목을 '시를 비릇는 너구리에게'라고 정했다. 물론 그 소설이 되고 만 편지를 나는 너구리에게 부치지 않았다. 그런데 소설의 운명이 기구했다. 얼마 뒤 컴퓨터를 포맷하게 되었는데, 다른 습작 원고 파일들은 다 백업을 했건만, 엉뚱한 폴더에 저장이 되어 있었는지 그 소설은 백업을 하지 못했다. 깨끗이 사라져버린 것이다.

하여간 '비릇다'라는 말은, 내가 그 말을 처음 만난 순간부터, 나의 오기를 표상하는, 내 인생에서 가장 중대한 낱말이 되었다. 나는 소설가가 되기 위해서 이렇게 비릇는 세월을 보내고 있는 것이다. 소설가가 된 다음에는 좋은 책을 내기 위해서 비릇는 것이고, 첫 책을 낸 뒤부터는 정말로 좋은 소설을 쓰기 위해서 비릇는 것이고, 소설가 생활 5년차에는 소설가로 산다는 자체가 비릇는 것이고, 소설가 10년차에는 소설가로서 좀 더 오래도록 살아남기 위해서 비릇는 것이라는 식으로, 끝없이 비릇다는 말로 나의 비루한 나날을 꾸미려고 했다.

나아가 남에게도 마구 사용하고 있다. 연장자들에게는 사용할 수 없는 말이겠지만, 후배나 학생들에게는 "좋은 시(소설) 비릇기를!", "두 사람이 아름다운 인연 비릇기를!", "소원하는 바 꼭 비릇기를!" 하는 식으로 덕담을 해주는 것이다. 그런데 내게 '비릇다'를 전해준 너구리는 어디에서 어떻게 살고 있을까. 그녀의 너구리 닮은 얼굴이 떠오른다. 그녀가 어디서 무엇을 하든 뜻하는 바대로 넉넉히 비릇기를 바라본다.

헌책 사냥

●

인터넷 장바구니에 헌책을 잔뜩 담았다가 아내한 테 혼이 났다. 이전에는 기분 나빠도 참아주던 아내가 오늘은 작정했는지 야단이다. 그 냄새나고 지저분한 책들을 왜 사려고 하는 것이냐, 아이 피부병 걸릴까 봐 겁난다, 제발 구차하게 굴지 말고 새 책을 사라는 것이었다. 지당한 말씀이다.

몇 달 전에 산 헌책을 읽는데, 책 냄새가 눈을 쑤신다. 아이가 아니라 나 먼저 피부병이 걸릴까 봐 걱정도 된다. 게다가 너무 오래된 책은 활자가 극히 작아서 큰 활자에 익숙해진 내 눈이 읽지를 못하므로, 결국 쓰레기를 산 꼴이 되고 말았다.

불구하고 헌책을 사고파하는 것은 밑줄 긋는 습관과 소유욕 때문일까? 돈 때문일까? 새 책 한 권 값으로 헌책 서너 권을 살 수 있다! 이유는 또 있다.

헌책 중에는 '양서'지만 당대 대중 독자의 입맛에 도무지 안 맞을 것이기에 다시는 새 책으로 나오지 않을 운명인 것들도 많다. 그런 책은 웬만한 도서관에도 없다. 새로 나온다 해도 활자가 커지고 디자인이 세련돼진 만큼 가격이 비싸다는 것을 제외하면 별 차이도 없을 거다. 냄새가 지독하거나 피부병 걱정이 될 만큼 곰삭은 정도가 아니라면, 헌책을 사도 될 만한 이유가 충분하다.

싸대기

●

　　　　　어느 해인가 한국인의 1인당 술 소비량은 세계 2
위였다. '까닭이 있으면 까닭이 있다는 이유로, 까닭이 없으면
까닭이 없다는 이유로' 마시는 분들이 허다한 것이다. 이런 나라
에 살다 보면 당연히 '인간은 술을 안 마시고는 살 수 없는 동물'
이라는 세계관을 가질 수밖에 없다.

　　그런데 중동에 상당 기간 체류하다 온 분들의 말을 들어보면,
이슬람 세계에서는 술 구경하기가 힘들다고 한다. 그래도 술 좋
아하는 한국인들은 조정래의 『한강』에 제조법이 자세히 나오는
'싸대기'를 마시며 버텨냈다고 하는데, 그 나라 사람들은 정말로
술을 안 마신단 말인가? 어떻게 그럴 수 있단 말인가.

중동인들 술 안 마신다는 것만큼이나, 도무지 믿을 수 없는 일이 많다. 그러나 인정해야 하리라. 술 안 마시는 중동인이 있는 것처럼, 나와 생각이 엄청나게 다른 분들이 숱하다는 것을.

저널리즘

●

　　저널리즘 서적은 우스꽝스러운 일면이 있다. 저자 이외에, 다른 사람의 글과 말이 수도 없이 직간접으로 들어 있다. 심한 책은 저자 것보다 다른 사람 것이 더 많다. 어떤 유명한 책은 저자의 글이 한 쪽당 평균 10행도 안 될 만큼 극심한 인용으로 도배되어 있다.

　저널리스트는 자기만의 잣대로 수많은 자료들을 취합, 분석, 자기만의 논지에 맞게 짜깁기한 것일 테다. 정보 홍수 시대에 꼭 필요한 정리 정돈이겠으나, 참 쉽게 책 쓴다는 시샘은 든다. 그런데 이런 책들은 '대부분의 사람은 생각과 말이 짧은 시간에도 수시로 바뀌고, 입 따로 손발 따로 놀 때가 더 많은 다중 자아'가 아니라, '모든 사람의 뱉거나 쓴 말은 그 사람의 영원한 진실이며 불변한다'고 믿는 것 같다.

그때 그렇게 말했으니 지금도 그렇게 생각하리라는 거다. 불변에 대한 집착은 대중도 일상생활에서 수시로 겪는 일이다. "너, 저번에 까마귀라고 말했는데, 지금은 백로라고 말하네. 변덕쟁이." "너, 그때 지하철 이용한다더니 자가용 몰고 다니네. 거짓말쟁이." "오리발 내밀고 자빠졌어. 너 헛소리하는 걸 내 두 귀로 똑똑히 들었었단 말야!"

기이한 것은 타인의 변함에 대해서는 그토록 명철하면서도, 자신의 변함은 당연하게 생각한다는 것이다.

아쿠타가와상

●

　　　　일부 한국 독자들이 일본 최고의 문학상으로 오해하는 상이 있다. 그 유명한 아쿠타가와상이다. 사실 그리 대단한 상이 아니다. 딱 부러지게 정해진 규정은 없다는데, 일본문학진흥회에서, 대략 경력 10년 미만의 무명에 가까운 신인 소설가들이 한 해 동안 문예지 등에 발표한 소설들 중에, 딱 한 작품을 골라 거대한 명예와 소정의 상금을 몰아주는 것이다. 일단 그 상을 받게 되면 수상 작가는 원하든 원하지 않든 스타가 된다. 일본 소설 시장의 크고 작은 목소리들이 그 한 사람에게 집중되고, 스스로 옥석을 가리기보다는 그런 목소리들에 의지하는 독자 대중의 열렬한 사랑을 받게 되기 때문이다.

그러니까 이 상은 노골적인 스타 소설가 만들기 프로젝트인 것이다. 무명 신출내기에서 한순간에 일본 소설계의 미래를 짊어지고 나갈 최고의 신인 소설가로 격상된 수상 작가는, 심지어는 현해탄 건너 한국 독서계에서도 일본 최고의 소설가로 자리매김하게 되는 것이다. 그리고 그 일본 작가가 이후에 쓰는 거의 모든 소설은 '아쿠타가와상 수상 작가의'라는 형용사를 달고, 작품의 질과는 상관없이 상찬, 홍보되는 것이다.

독자들은 무슨 상을 받았다면 일단 대단하게 생각하는 경향이 있지만, 그 상 자체가 별게 아닐 때도 많은 법이다.

칙칙한 세대

●

　　『천 유로 세대』라는 소설을 읽었다. 1000유로, 요
새 환율을 적용하면 150만 원 정도인데, 그 책이 출간되던 2006
년에는 '100만 원 조금 넘는'이었던 모양이다.

　소설 내용은 간단하다. 대학을 졸업한 이탈리아 청년들이 단
기 계약직이든 각종 알바든 정규직이든 한 달에 100~150만 원
밖에 못 벌면서 아주 힘들게 산다는 얘기다. 젊은이들은 그 돈으
로 생존하기 위해서 처절한 '회계사'가 되어야만 했다. 한 푼이
라도 더 싸게 생활필수품을 구입하기 위해 대형 할인마트에 가
서 전자계산기처럼 움직여야 했고, 공짜에 가까운 돈으로 그나
마 문화생활을 하기 위해서 인터넷을 이 잡듯이 뒤져야 했다.

유럽 현대 소설이라면 생활에서 벗어난 이들의 자의식 노래 아니면 옛날 역사 파먹기라고 생각해왔는데 의외였다. 이런 칙칙한 얘기를 쓴 소설도 있네! 그런 칙칙한 소설은 많은데 한국 출판업자들이 망할까 봐 번역, 출간 안 한 것일 수도 있다. 외국 소설까지 사볼 수 있는 젊은이들은 좀 여유가 있다는 건데, 그런 여유 있는 젊은이들은 그런 칙칙한 인생 얘기 안 좋아한다!

하여간 유럽 젊은이들도 지지리 궁상으로 사는구나! 알바로 등록금 마련에 혼신을 다하고 있는, 시험 준비(구직 순례)로 단기 계약직으로 비정규직으로 허덕거리고 있는 한국의 젊은이들처럼.

국방부 불온서적

●

      국방부가 큰일을 했다. 한국인의 독서 수준을 업그레이드했다. 한국 독자들이 워낙 무슨 선정 도서를 좋아하는데다, '불온서적'은 '구시대의 유물'인 줄 알았는데 국방부가 친히 선정한 불온서적이라니 호기심이 안 당길 수가 없다. 불티나게야 안 팔리겠지만, 불황에 시달리던 도서 판매계에 소나기 한조금이라 할 만큼은 팔리고 있는 모양이다.

   나도 요즘 그 불온서적들을 열심히 읽고 있다. 돈과 시간이 아깝지 않을 만큼 뿌듯한 독서다. 국방부 수준이 이토록 높았나, 이렇게 어려운 책까지 선정하다니, 하는 생각이 들 만큼 골치 아픈 책마저도 공부가 팍팍 된다. 진실로 국방부에게 감사하다.

'좋은 책을 읽어라!'라는 단순 명료한 말이 있다. 각종 기관과 단체와 모임 등이 선정한 도서들은 한꺼번에 100여 종씩 꼽는 경우가 많아서 이게 왜 좋은 책이라는 건지 의구심이 드는 책도 섞여 있기 마련이다. 그런데 국방부 선정 불온서적 20여 종은 알짜배기인 것 같다. 어련하겠는가. 국방부가 얼마나 훌륭한 기관인가? 그곳에서 특별히 20여 종만 선정한 것이니 믿고도 남음이 있다. 국민 독서의 중요성을 생각할 때, 국방부의 불온서적 선정은 전쟁 연습 못지않은 국가적인 쾌거다.

진짜 돈키호테

●

『돈키호테』 완전번역본을 보고 무척 놀랐다. 1권이 750여 쪽, 2권이 830여 쪽에 달했다.

『돈키호테』가 원래는 그토록 무지막지한 분량이었다니. 어렸을 때 얇디얇은 『돈키호테』를 읽은 적이 있다. 또 애니메이션 〈돈키호테〉를 보았던 기억도 있다. 그리고 『돈키호테』가 좀 유명한가. 학교에서 너무나도 자주 들었다. 한마디로 말해서 『돈키호테』 모르면 간첩이었다. 때문에 성인이 되어서는 너무 잘 아는 이야기인데 구태여 또 읽을 필요가 뭐 있담, 하고 원래의 것을 읽어볼 생각조차 안했던 것이다.

『돈키호테』처럼 축약본, 애니메이션이나 영화, 흘러 다니는 이야기 등을 통해 너무 익숙해지는 바람에, 원래 것을 안 읽었지만 읽은 것처럼 생각되어, 읽히지 않는 명작들이 의외로 많다.

대표적으로 『춘향전』을 삼척동자도 아는 이야기처럼 생각하지만, 『춘향전』의 대표적인 판본을 원래 것대로 읽어본 사람은 극히 드물다. 어린이를 위해서, 바쁜 사람을 위해서, 축약본은 불가피할 테다. 또 다른 예술로의 재구성도 충분한 이유와 필요와 수요가 있을 테다. 하지만 그 바람에 각양각색으로 변형시킨 것만 사랑을 받고, 원래의 것은 거의 읽히지 않는 상태가 되었다. 그래서 원래의 것, 진짜는 고독한 것이다.

독서와 글쓰기의 애증

●

　　　　　수많은 '글쓰기 교본' 책들은 일치단결해서 주장
한다. 읽은 만큼 쓸 수 있다! 남의 글을 공부하고 사유하고 깊이
느낀 만큼, 자기가 쓰는 글도 좋아진다. 이 그럴듯한 논리는 진
리에 가까웠다. 아무나 공적인 글을 쓸 수 없는 세상이었기 때문
이다. 대중은 편지나 일기를 쓸 수 있었을 뿐, 공적인 지면에는
뭔가를 쓸 수 없었다. 공적인 글쓰기가 가능한 신분이 되는 것은
무척 어려웠다.

　이 거대한 벽을, 인터넷이 하루아침에 무너뜨렸다. 인터넷은,
공부가 짧거나 독서력이 부족한 사람도, 맞춤법을 못 맞춰도, 작
가나 기자가 아니어도, 유명하지 않아도, 한마디로 아무나, 보다

많은 이들에게 읽어줄 것을 바라는 공적인 글을 얼마든지 써서 내걸 수 있는, 무한한 공간을 주었다. 긍정적으로 보자면 글쓰기의 완벽한 자유와 평등이 실현된 인류사 최고의 사건이었다. 인류사 거의 전체 동안 배운 사람들의 전유물이었던 글쓰기가 대중의 것이 된 거다.

그러나 빛이 있으면 어둠도 있다. 글쓰기의 자유와 평등을 작두처럼 휘둘러, 다른 이의 삶 자체를 위협하고 파괴하는 족속들이 생겨난 것이다. 이것은 어쩌면 글쓰기의 자유와 평등에만 몰두하고, 읽기(독서)를 쓰레기 취급해온 것에 대한 글의 처절한 복수인지도 모른다.

후배 독서가들은 외롭지 않기를

●

　　　모교로부터 '동문 선배와의 만남'에 초청받았다. 금의환향이라도 하는 듯해서 감사히 수락했다. 솔직히 기쁘고 자랑스러웠다. 그런데 묘한 자격지심에 휩싸였다. 내가 과연 '금의'라는 표현을 쓸 수 있을 만큼 뭐라도 이루거나 된 자인가. 부를 만하니 불렀겠지 뿌듯하면서도, 진정 자식뻘 후배들 앞에서 떠들 주제가 되나 의심스러웠다.

　　30년 후배들이 이름만 들어도 알 만한 작가이면 모르겠는데, 나는 '듣보잡' 소설가다. 책 좀 읽으시는 분들도 '20년 써서 20여 권을 냈다는데 처음 들어보고 처음 읽는다'고 하시니 말이다. 경제력, 신분, 지위 같은 세속적 기준이나 사회 기여도로 따진다면 더욱 후배들 앞에 설 자격이 없었다. 미미한 작가보다 구질구질하고 사회에 도움 안 되고 전망 없는 직업이 또 있을까. 내 또래인, 후배들의 부모님이 훨씬 말할 자격을 가졌다. 설마 롤 모델이나 귀감을 바랐겠나, 고등학교 때의 나처럼 독서를 즐기고 작가를 꿈꾸는 학생들한테 작가가 된 모습을 보여주는 것만으로도 격려가 될 수 있을 거라고 합리화했다.

30여 명이 맞아주었다. 어쭙잖은 작가 선배를 만나겠다고 귀한 시간을 내준 학생들답게, 30년 전의 우리들을 보는 듯했다. 생각이 많아 뵈는, 책을 즐겨 읽고, 예술적 행위로 스트레스를 풀 것 같은, 언젠가는 작가를 꿈꿀 것 같은 아티스트형 아웃사이더들. 순전히 오해일지라도 후배들에게 동지애를 느꼈다.

꾸준히 독서하면 의당 오지랖 넓게 이해하는 동시에 문제를 파악하고 의견을 세우고 내는 능력이 발달할 수밖에 없다. 우리 기성세대가 미래 세대에게 간절히 원하는 바다. 그 '비판 정신과 창의력'이 출중할수록 따돌림받고 외로워지고 경제적으로 도태되는 것이 '불편한 현실'이다.

이런 생각을 가지고 있으니, 후배들에게 보다 활발한 독서를 권장하기가 저어되었다. 차마 작가의 꿈을 응원하고 지지할 수도 없었다. '자기계발서'처럼 뭐가 됐든 자기가 원하는 일을 찾아 최선을 다하면 기필코 된다, 꿈을 갖고 노력하면 언젠가는 이루어진다 말하면 편할 텐데, 불편한 현실을 밝히는 희망 의심형 소설을 써온 작가로서 희망의 전도사를 자처할 만큼 뻔뻔하지도 못했다. 두서없이 벅벅댔다.

이런 얘기를 하고 싶었다. 여러분이 비판 정신과 창의력을 포기하지 않으면 외로울 테다. 그런 사람이 되라고 가르치지만, 어른들의 세상은 그런 사람을 원하지 않는다. 물론 여러분이 우리 사회의 모순을 누구보다도 잘 알 테다. 두루 읽고 넓게 의심하고 세심히 표현하는 사람은 자꾸만 소외된다. 한 달에 한 권 읽는 독자로 사는 것도 벅찬 세상이니, 기어이 작가가 되고자 한다면 더욱 외로울 테다. 그렇지만 자부심을 가져도 좋다. 여러분처럼 책을 사랑하는 사람들이 있어 우리 사회가 이나마 강녕한 것이다. 우리는 시골 마을의 가로등처럼, 꼭 있어야만 하는 사람들이다. 아니, 가로등 같은 존재도 못 될지도 모른다. 가로등도 없는 마을의 반딧불이 정도는 되지 않을까. 없어도 되겠지만 반딧불이가 있어 여름밤은 한껏 풍성하고 아름답지 않은가.

한심한 선배의 산만한 말을 성의 있게 들어주는 후배들이 고마웠다. 듣고 싶은 사람만 모여서인지 모르겠지만, 정말 다들 진지하게 들어주었다. 알아서 걸러 들었고 넉넉히 웃어주기도 했다. 오히려 내가 큰 격려를 받은 셈이다.

후배들이 자신의 취향과 특기에 근접하는 꿈을 찾고, 노력한 만큼 정당한 기회를 부여받아, 더불어 사는 사람들에게 이롭고 자존감 넘치는 업적을 부단히 쌓고, 경제적으로도 무난한 미래를 이루기 바란다.

또 바란다. 지금처럼 책 읽기를 취미라고 할 수 있을 만큼 '독서의 씨앗을 퍼트리는 독서 나비'로 살기를. 스무 살이 넘으면 독서가 끝나는 세태를 바꿔주기를. 좋은 책을 아무리 읽어도 진학과 출세에 지장이 없는 제도를 이루기를. 반딧불이 작가들이 최소한의 자부심을 유지하며 빛내는 세상을 만들기를. 자존감 넘치는 작가가 많이 탄생하기를. 먼 훗날 후배들을 만나 독서가와 작가의 싹을 보거든 열렬히 북돋을 수 있기를.

독창성

●

    이야기의 출처가 도무지 기억나지 않을 때가 있다. 내가 독창적으로 지은 건지, 어느 책에서 무슨 이야기를 읽다가 그것을 약간 변형시켜서 꾸민 건지, 남에게서 들은 건지, 들었다면 누구에게 들은 건지, 들은 그대로인지, 들은 바에다 내 생각과 감정을 뒤섞어 완전히 다른 이야기로 바꾼 건지, 꿈꿨던 건지, 무의식의 심연에서 만들어진 건지, 헷갈리는 거다.

    미디어 발달로 혼란은 더욱 심해졌다. 텔레비전에서 들은 건지, 들었다면 무슨 프로그램에서 들은 건지, 인터넷에서 읽은 건지, 읽었다면 무슨 사이트에서 뭐하다가 읽은 건지, 텔레비전 보거나 인터넷 하다가 어떤 게 떠올랐고 그거에다 방금 떠오른 것을 가미한 건지, 정신이 없다.

　이러다 보니 내가 진실로 독창적으로 지어낸 이야기, 라고 믿는 것들까지 의심스러울 때도 있다. 혹시 남에게 듣거나 어디에서 본 이야기를 내가 지어낸 것으로 착각하고 있는 거 아냐? 혹시 나도 모르게 모방, 패러디, 표절 같은 거 한 거 아냐? 완전히 독창적인 이야기라고 주장할 수 있더라도 문제는 남아 있다. 우리나라에 사람이 참 많으니, 나랑 똑같은 이야기를 지어낸 사람이 얼마든지 있을 수 있다. 그 경우에도 내 이야기는 독창적이라 할 수 있는 것인가? 정말 엔간히 어지럽다.

지원금

●

    돈 나눠주기는 쉬운 일이 아니다. 한 사람에게 주는 액수가 커질수록 소수에게 몰아주는 경향을 띠게 되고, 한 사람에게 주는 액수가 작아질수록 보다 많은 사람이 나눠 가지는 경향을 띤다. 상은 대개 몰아주기다. 스타를 만들어 그에게 모든 영광과 돈을 몰아주는 대신 상은 권위 혹은 권력을 획득한다. 그에 반해 지원금은 나눠 가지기다. 보다 많은 이들에게 골고루 분배하는 것이다. 문화 예술은 수익이 발생하지 않는 경우가 대부분이지만, 국민 생활의 내면을 위해 필수적이다. 때문에 국가는 돈 못 버는 문화 예술 활동에 종사하며 최선을 다하는 이들에게 약간의 돈을 지원한다. 그게 문예진흥기금이다.

하지만 돈도 안 나오는 문화 예술에 종사하는 사람들이 너무 많다 보니, 지원금을 나눠줄 때 잡음이 많다. 받는 문예인은 모든 것이 정당했다고 하겠지만, 못 받은 문예인은 나눠주는 방식, 절차, 심사위원 등 모든 것이 잘못되었다고 생각할 수밖에 없다. 올해도 문예진흥기금 공모가 시작되었다. 언제나 그랬듯 엄청난 잡음이 불가피할 게다. 문화 예술인들이 국민 혈세를 놓고 주접을 떨어야만 하는 슬픈 현실은 파란만장하기도 하다.

생각

●

    학교 다닐 적에 배운 「문장도」가 생각난다. 문장을 잘 쓰는 데는 세 가지 도가 있는데, 많이 읽고 많이 쓰고 많이 생각해야 한다는 것이다. 물론 여기서의 생각은 단순한 느낌, 기분, 이미지를 말하는 게 아니다. 의견·희망·관념·탐구심·깨달음 같은 사유를 말한다. 문장에만 지당한 말이 아니겠다. 무슨 일이든, 많이 보고 많이 연습하고 많이 생각해야, 잘할 수 있게 될 것이다.

  다 중요하겠지만 그래도 우열을 따져보자면, 많이 읽고 많이 쓰는 것은 누구나 다 할 수 있는 것이니, 가장 중요한 것은 생각이겠다. 참 많은 생각을 하면서 사는 것 같지만, 곰곰이 따져보면, 하루에 생각하는 시간은 그다지 많지 않다. 직장? 학교? 생각 같은 거 할 시간 없이 분주하다. 텔레비전? 인터넷? 보는 것만으로도 하는 것만으로도 지친다. 모처럼 생각할 만한 상태가 되면 어김없이 휴대폰이 울린다. 무한정 쏟아져 나오는 정보를 습자지처럼 빨아들였다가 분무기처럼 뿜어내는 것만으로, 머리는 스트레스를 호소하고 우울증에 시달리곤 하는데, 생각까지 할 짬이 어디 있겠는가?

어떤 영화에서 조폭이 했던 말 "생각 좀 하고 살자!", 말은 멋있는데 실천하기가 쉽지 않다.

이야기

●

　　오랜 세월 이야기꾼들은 지음 어쩌고 하며 자기들 끼리만 즐겼다. 사람들은 자주, 근면, 협동해서 먹고살 만해졌고 글자도 배웠다. 비로소 이야기가 눈에 들어왔고 사랑하게 되었다. 이야기꾼들은 지적인 스타가 되었다. 유복하게 자란 신세대는 자유를 당연한 것으로 알았다. 신세대는 모든 문화를 불가사리처럼 먹어치웠고, 특히 노래와 댄스에 열광했다. 인터넷이 들어오자 게임에 매료되었고, 휴대폰을 절대자처럼 모셨다.

　늙은 이야기꾼들은 당황해하며 썩어갔고, 새로운 이야기꾼들은 신세대의 비위에 맞는 판타지·공포·게임·팩션·무협·SF·칙릿 등 가능한 모든 것을 접목, 시도했다. 그래도 신세대는 이야기에 무관심했고, 이야기꾼들은 점점 자기들만의 마을에 갇혀 자기들끼리 격려하는 사이가 되어갔다. 가끔 팔리는 이야기도 있었지만, 그 이야기들은 영화나 드라마가 되었거나 인터넷 조회수가 높았거나 상으로 도배했거나 유명한 가수가 취미로 했거나 한 것들이었다.

이야기는 죽었다는 상여 노래가 드높았지만, 이야기는 이상하게도 매년 풍년이었다. 농산물의 운명과 흡사했다. 풍년이 되어도 아무도 사 가지 않아 퇴비만도 못한 농산물. 이야기의 숙명인지도 모른다. 원래 들어주는 사람이 있거나 말거나, 자기가 하고파서 하는 게 이야기 아니던가.

논술

•

　　논술은 창의적인 사고 능력을 펼쳐 보이는 것인데, 대학들이 영어 독해나 난해한 수학 계산을 요하는, 수능 시험과 별반 다를 바 없는 문제를 낸 모양이다. 일부 언론은 "본고사, 고교등급제, 기여입학제를 금지한 이른바 3불 정책이 사실상 무너지는 것"이라고 비난했다.

　　내 생각에 3불 정책은 지켜진 적이 거의 없다. 하도 자주 바뀌기 때문에 보통 사람은 이해하지도 못하는 전형 요강에, 교육 당국이 3불 정책을 사수하기 위한 노력이 깃들어 있기는 하겠지만, 대학·학부모·학생·사교육자 모두가 조금이라도 좋은 대학을 꿈꾸는 한, 3불 정책은 위장용으로 그냥 있는 것일 뿐이다. 논술로 3불을 막을 수 있다고 생각하는 자체가 어이없는 일이다. 대학을 편들고 싶은 생각은 없지만, 논술 시험은 무의미하다. 서점에 가보라. 논술 관련 책자가 산더미다. 논술 학원과 논술 과외가 성업 중이다. 대학교수도 놀랄 모범 답안형 논술이 있을 뿐이다.

논술 심사자의 관점에서 생각해보자. 단체로 맞춘 듯하게, 아니면 논술 기계가 찍어낸 것처럼, 천편일률적으로 논리 정연인 논술 더미 앞에서, 무슨 차이를 판별할 수 있단 말인가. 창의적인지 논술 공장에서 흘러나온 것인지 모를 글에 골치를 썩느니, 차라리 답이 거의 정해져 있는 문제를 내고 마는 것일지도 모른다.

기행문

●

옛날에는 드물게 여행자들이 있었고, 그들은 자신의 견문과 여정과 사색을 기록으로 남겼다. 하지만 현대의 연구에 의하여, 대부분의 기행문들이—문학적 향기 같은 것을 제거하고 여행 정보의 관점으로만 본다면—매우 엉터리라는 것이 들통났다. 여정은 뒤죽박죽이고, 사색은 너무나도 주관적이고, 견문은 믿기 어렵다.

옛 여행자들의 불성실이 아니다. 여행이란 게 원래 그렇지 않은가. 자기에게 인상적인 것만 기억하고, 자신의 사색이—사실은 지독하게 주관적이지만—진리라고 믿는다. 시간이 흐르면 앞뒤가 안 맞기 마련인 여정의 재구성에, 자기만의 강렬한 인상과 주관적인 사색을 채우면, 대체로 엉터리가 되는 것이다. 그래서 옛 사람들의 기행문을 읽는다는 것은, 여행 정보가 아니라, 여행자의 내면 풍경화라고 할 수 있는 문학작품을 읽는 것이다. 현대의 여행자들은 여행 안내서 뺨치게 객관적인 기행문을 쓸 수 있다. 인터넷의 도움으로 여정과 견문의 애매모호한 기억을 명징하게 다듬을 수 있는 것이다.

그러나 읽기가 힘들다. 사색은 남의 것을 베낀 것일 때가 많다. 경우에 맞지 않는 날선 주장을 하거나 자기 자랑을 늘어놓거나 무턱대고 가르치려 들거나 해서 독자를 짜증나게 할 때도 많다. 여행자의 내면이 담겨 있지 않은 것이다.

하극상 실세

●

　　일본 역사는 특이한 면이 있다. 대륙을 불문하고 역사상 거의 모든 나라는 가장 강력한 권력을 얻은 자가 황제나 왕의 자리에 올랐다. 원했든 원하지 않았든. 흔히 일본 역사의 최고 통치자를 천황이라고 생각한다. 하지만 천황이 최고의 권력자이던 시대는 짧았다. 오랜 역사 동안 천황은 반드시 있었으나 대개 허수아비였다. 최고의 통치자는 천황의 아버지거나, 관백이거나, 막부의 수장이었다. 막부 시대 또한 막부 수장이 천황 자리를 빼앗지 않은 것도 희한하지만, 막부 수장도 허수아비로 전락하고, 휘하 가문의 수장이나 보좌관들이 통치자 노릇을 했다.

　마치 일본의 통치자들은, 맨 꼭대기 자리에 있는 것보다, 맨 꼭대기에 허수아비를 세워놓은 채 그 밑에서 쥐락펴락한다는 불문율이라도 가졌던 것 같다. 일본처럼 통치 체제 자체가 하극상인 경우는 드물지만, 세계 모든 나라 역사에서 단기간의 하극상 통치는 흔했다. 우리나라 역사에도 무신정변기와 세도정치기라는 제법 긴 하극상 통치기가 있었고, 짧은 시간이었지만 왕의 권력을 넘어섰던 실세들이 수두룩했다. 최고 통치자가 모호하여 심복에 의지하다 보면 그 심복들이 힘을 키워 제가 왕인 줄 알고 날뛰는 것이다.

오늘날이라고 다를까. 하극상 실세들이 철없는 모기처럼 날뛰는 모습 흔하디흔하다.

기억 저장

●

　'남는 것은 사진밖에 없다.' 사진 찍기에 집착하는 여행자들이 좌우명으로 삼는 말이다. 이젠 동영상 시대니 '남는 것은 영상밖에 없다'가 더 맞겠다. 여행은 시각, 청각 이미지로 저장된다. 사진이나 동영상을 본다는 것은 여행의 기억을 불러오기 하는 것이다. 시각, 청각 이미지를 지렛대 삼아 그때 보고 들은 것을 재구성한다. 그런데 보고 들은 것은 그때로 돌아간 것처럼 명확하게 떠오를 수 있어도, 생각하고 느낀 것은 복원이 쉽지가 않다. 어쩌면 그때 촬영에 골두서서 감상할 겨를이 없었는지도 모른다. 카메라로 붙잡을 수 있는 것은 눈에 보이는 것과 소리뿐일 수도 있다.

카메라가 없던 시절엔 글쓰기(일기나 후에 쓰는 기행문 같은)가 유일한 기억 저장법이었다. 사진처럼 친절하지는 않지만, 눈에 보이지 않는 것들까지 보고 느낀 생생한 기억이었다. 나중에 사진을 보는 것보다 일기를 보는 것이 훨씬 더 그때 그 순간으로 빠져들 수도 있는 것이다. 영화나 드라마로 보는 것보다 원작 소설을 보는 것이 더 감동적일 수 있는 것처럼.

남는 것은 사진밖에 없다면 허탈하지 않을까? 오히려 촬영 시간을 줄일수록, 더 많은 것을 견문할 수 있지 않을까? 시각적 이미지에 집착하다 정말 중요한 것을 놓칠 수도 있다.

알파고에게 묻다

●

    알파고는 책도 쓸 수 있을까? 좋게 말하면 '박람 강기 발췌 편집 책', 속되게 말하면 '짜깁기 책'은 충분히 가능할 듯싶다. 자기계발서든 이론서든 실용서든 사회과학서든 경제서든 다 가능하리라. 어떤 테마를 정한다. 저명한 이들의 훌륭한 말과 글을 발췌한다. 일목요연하게 편집한다. 표절 시비에 걸릴 수 있으므로 출처를 확실히 밝힌다. 이게 뭐 어렵겠는가? 팔리느냐 마느냐가 관건일 뿐이다.

    인터넷을 휩쓴 알파고 농담 중에 '한 달 뒤 교보문고 상황'이 인기를 끌었다. 실제로 가능한 일이다. 유능한 출판인이라면 짜깁기 책은 열흘 안에 뚝딱 만들 수 있다. 알파고는 하루 만에 만들 수도 있지 않을까.

이성과 감성의 산물이라는 시, 소설, 에세이도 가능할까. 감성이 없는 게 확실한 기계가 감정 표현까지 해낼 수 있을까? 없다! 라고 확신하고 싶지만, 팔리는 책은 가능하지 않을까. 그것을 문학으로 인정하지 않는 사람이 많다 하더라도, 베스트셀러에 등극할 만한 시집, 소설책, 에세이집은 충분히 찍어낼 것 같다.

요즘 사람들이 좋아할 만한 소재, 테마를 설정하고, 가장 일상적으로 쓰이는 언어를 뽑아서, 가장 일반적인 플롯에 맞춰, 가장 일반적인 문장으로 조합하면 되는 거 아닌가. 문학상 받는 작품도 가능할 듯싶다. 상 주는 분들의 취향과 기호를 면밀히 분석해서 맞춤형으로……. 이렇게 하면 베스트셀러가 될 텐데, 상을 받을 텐데, 알면서도 그렇게 못하는 사람이 대부분이다. 그럴 능력이 없거나, 양심이 허락하지 않거나. 알파고는 양심은 없고 능력은 있다!

알파고, 너는 이처럼 엉뚱한 글을 쓸 수 있겠느냐?

굶주림

●

노벨문학상 수상 작가 크누트 함순. 젊은 시절 비참하게 살았고, 장년 시절에 모든 영광을 누렸으나, 말년엔 나치 편을 들어 멸시받다가 고독하게 스러져야 했던 사람. 그의 소설 『굶주림』은 사람이 굶주리면 어떻게 되는지를 끔찍할 정도로 실감나게 보여준다.

굶주려본 사람들은 알 테다. 굶주림이 사람을 얼마나 비인간적으로 만드는지. 먹는 게 해결되지 않으면 인간은 없다. 아직도 굶는 이들이 많이 있지만, 그래도 밥을 굶고 사는 이들은 드물다고 하자. 그러나 밥 문제를 해결하고 나니, 밥만 먹고는 살 수 없는 세상이 되었다. 돈에 굶주린 사람들은 너무 많다. 휴대폰을 유지할 돈, 일가족을 안정케 해주는 공간을 확보하고 지속할 수 있는 돈, 차에 기름 넣을 돈, 차가 없으면 교통카드라도 든든할 돈, 인터넷 할 수 있는 돈, 아이 과외 시키고 학원 보낼 수 있는 돈, 이런 기본적인 돈만 없어도, 밥을 굶주리는 것 못지않게, 처절하고 끔찍한 상태에 놓이는 게 현대인이다.

끝없이 소비해야만 사람으로 살아가는 보람과 기쁨을 누리는데, 소비할 수 없으니 사는 게 겁나고 허무하다. 게다가 기득권층은 서민들의 굶주림을 틈타, 자기들만의 울타리를 강화하는데 혈안이 되어 있다. 경제적인 굶주림, 그 끝이 보이질 않는다.

위대한 독서 씨앗들에게

●

      여러분이 책 읽는 재미에 푹 빠지도록 유혹하고 싶습니다. 이러다가 작가들마저 책 읽고 쓰기를 포기하겠습니다. 한 명의 독자라도 늘려야 합니다! 어디서 독자를 찾아야 하나요? 학생 여러분밖에 없습니다.

  한 분의 학생이 책이 진정으로 유익할 뿐만 아니라 재미마저 있다는 것을 절절히 느낀다면, 자신의 깨달음을 전파하겠죠. 벗들과 가족과 나누겠죠. 사회에 진출하면 참생활 독서인으로서 타의 귀감이 되고 독서의 전도사가 되겠죠. 아들딸이 덩달아 책을 사랑하지 않을 수 없게 만드는 독서 생활인 아빠 엄마가 되겠죠. 한 분의 학생은 수십 수백 수천 명에게 독서 재미를 퍼뜨릴 수 있는 귀중한 씨앗인 셈입니다.

사건과 사고가 끊이지 않습니다. 더불어 살아가는 사람에 대한 존중과 배려와 사랑이 조금만 더 세심했더라면, 이해력과 판단력이 조금만 밝았다면, 성찰에서 우러나오는 실천 의지가 조금만 강력했다면, 일어나지 않을 수도 있었고, 막을 수도 있었던 사건과 사고가 대부분이었죠.

견강부회하자면, 우리 사회가 독서를 멀리한 탓입니다. 독서는 단순히 책을 읽는 게 아닙니다. 단순히 재미와 감동과 깨달음을 얻고자 하는 것이 아닙니다. 재미와 감동과 깨달음을 즐기는 반복 훈련을 통해, 더불어 살아가는 사람들을 이해하고 사랑하게 되는 것입니다. 이해와 사랑이 증가하는 만큼 그런 무식한 사건과 사고는 감소하겠죠.

그러니까 이 나라의 미래는 학생 여러분께 달려 있습니다. 학생 여러분은 우리 사회를 이해와 사랑의 마법 상자인 독서로 물들일 수 있는 위대한 씨앗입니다.

재미는 발견되는 것

●

　내가 존경하는 선배가 늘 하는 소리가 있다. "언제쯤 내가 20쪽 이상 재미있게 읽는 소설을 쓸 것이냐?" 그토록 재미없는 소설만 써온 내가 이런 말 하기는 좀 뻔뻔하지만, 어떻게 먹고살려고, 이토록 무슨 말인지 알아들 수 없는 문장으로, 도무지 뭔 스토리인지 종잡을 수 없는 소설을 쓴 것일까? 소설 좀 읽었다고 자부하는 나로서도 이해 불가능한 소설들이 있다. 소설만 읽고 써왔다는 소설가들끼리도 서로 공유가 안 되는 것이 재미라는 거다. 그러니 모든 독자들을 아우르는 재미라는 건 있을 수 없다는 게 나의 생각이다.

　끝없이 떠오르는 이미지, 퍼즐을 풀어나가는 쾌감, 마음을 갖고 노는 듯한 충격, 뻔뻔한 황당무계, 막장 패러디에서 우러나오는 비애, 돈키호테처럼 미친 듯이 돌격하는 주인공에 대한 애증, 왜 우스운지 모르겠지만 아무튼 웃기는, 겉으로 웃지 않아도 속으로 웃게 만드는, 꼭 웃음으로 표현되지 않아도 뭔가 즐거움이 느껴지는, 이 모든 것이 재미일 테다.

독자에게 수준이 높아지라고 누가 강요할 수 있을 것인가? 자기 수준에서 즐기는 것이 독자일 뿐이다. 어떤 식으로든 성취한 소설에 나타난 재미들을 뭐라고 규정지을 수가 없다. 왜냐하면 자기만의 재미를 고집해서 어떤 독자에게 사랑받은 산물이기 때문이다. 새로운 재미(웃음+느낌)를 인정받은 것이다. 요컨대 어떤 독자에게 그 재미가 발견되어진 것이다.

누구나 재미를 자부한다. 다만 발견되지 못할 뿐. 한국 소설이 프로야구의 반의 반만이라도 사랑받는(재미가 발견되어지는) 시절이 올 수 있을까.

책 놀이공원

•

도서관에는 '열람실閱覽室'이 있다. 원래 뜻과는 다르게, '각종 시험공부 하는 독서실이나 다름없는 공간'이다. 수험서가 아닌 책들이 잔뜩 있는 곳이 '자료실'이다. 대개 '어른 자료실'과 '어린이 자료실'이 따로 있다. 어린이 자료실 풍경이 바로 사람들이 이상적으로 여기는 도서관 풍경일 테다. 수험서가 아닌 책을 탐닉하는 아이들의 해맑은 눈빛!

어른들의 자료실은 어째 좀 이상하다. 거기서도 수험서만 보는 이들이 많다. 특히 인근 학교의 시험 기간 때는 자료실 또한 독서실이 된다. 사방 창가에서 노트북을 이용하는 이들도 숱하다. 불구하고, 자원봉사 학생들이 할 일이 있을 만큼은 책들을

본다. 당연하겠지만 가볍게 읽을 수 있는 책들만 사랑받는 경향
이 있다. 제대로 책을 읽는 것은 개인 공간에서만 가능하다고 생
각하는 이들은 많아서, 대출 기계는 바쁘다. 어린이들처럼 진지
한 독서 모습은 보기 힘들다.

도서관에 따라 다르겠지만, 우리 지역 10년 된 도서관에는 멀
티미디어 자료실, 휴게실, 편의 식당, 전시 공간 등도 갖추어져
있다. 자료실이나 열람실보다 그런 부대시설에서 더 오랜 시간
을 보내는 이들도 많다. 나머지 공간을, 열람실 빈 좌석 나기를
기다리는 대기실로 쓰는 분들도 많다.

도서관은 이용료가 없는 '독서실', 공짜 도서 대여점, 갈 곳 없
고 집도 편안하지 않는 이들의 안식처다. 책은 이용자들이 가끔
가지고 노는 장난감 같고. 아무려면 어떤가. 책을 사랑하고 공부
를 즐기는 이들이 모여 있다는 자체로, 아름다운 풍경이다. 책의
무덤보다는 책의 놀이공원이 나을 테니까.

책을 많이 읽으면

●

책의 재미에 빠지면 영어 수학 공부할 시간이 모자라게 될 테다. 그래서 우리나라 부모님들은 초등학교 때까지만 책을 반강제로 읽히고 중·고등학교 때는 책을 가까이하지 못하도록 하신다. 탁월한 전략이다. 책을 많이 읽으면 비판 정신이 발달할 수밖에 없다. 사회생활 할 때 비판 정신 충만한 이는 비판하는 만큼 괴롭다. 윗분들이 싫어한다.

사회적으로 성공했다고 하는 분들이 책을 엄청 읽은 것처럼 말씀하시지만, 그런 분은 극소수다. 주위에 성공했다는 분들을 차근차근 따져보라. 책을 별로 안 읽었거나 좋지 않은 책만 골라 읽었거나 그런 분들이 훨씬 많다. 좋은 책일수록 재미와 비판 정신과 창의력의 강도가 높아서 읽게 되면 사회생활 하는 데 매우 곤란해질 수밖에 없다.

이렇게 이상한 생각을 많이 한다. 나도 내가 정상이 아닌 것 같다고 느낄 때가 많다.

사실은 나는 좋은 생각을 한다고 자신한다. 자신의 삶과 공부에 바탕을 둔 최선의 생각이 '좋은 생각'이라면. 그런데 내 생각이 나쁜 생각은 아닌 것 같으나 사람들이 흔히 생각하는 '좋은 생각' 혹은 '보통 생각'과도 많이 다르다는 걸 깨닫게 되었다. 늘 두려웠다. 개성 시대라고 하는데, 생각은 개성 시대가 아닌 것 같다. SNS에서 벌어지는 일들은 '생각 몰개성'의 증거가 아닐는지.

하더라도 나만의 '좋은 생각'을 멈출 수는 없지 않은가. 좋은 생각을 하기 위해서는 책을 읽어야만 한다. 책을 많이 읽으면 성공한 사람이 될 수는 없더라도 생각 좀 하고 사는 사람은 기필코 될 수밖에 없다.

요즘 드라마는 누가 왜 볼까

●

1

〈좋은 놈, 나쁜 놈, 이상한 놈〉(2008)이 개봉했을 때, 드디어 한국 대중문화도 선악 이분법 캐릭터에서 벗어나는 구나 싶었다. 웬걸, 2010년대 들어 더욱더 좋은(착한/선한/정의로운) 놈 아니면 나쁜(좋은/불의한/파렴치한) 놈이 판친다.

현실에서는 현상이든 사람이든 선악을 분간하기 어렵다. 딱 착하고 딱 악한 사람 보았는가? 복잡하고 난해하고 모호한 게 사람이다. 열 길 우물은 알아도 한 길 사람 마음은 모른다는 속담이 괜히 있는 게 아니다. 나쁘게 말하면 사이코, 좋게 말하면 아웃사이더인 '이상한 놈' 천지다.

한데 대중문화에서는, 특히 TV 드라마에서는 '이상한 놈' 혹은 아웃사이더가 설 자리가 없다. '이상한 놈' 같다가도 곧 '착한 놈'이 되든지 '나쁜 놈'이 되든지 둘 중에 하나가 되어야만 한다. 대중은 박쥐 같은 캐릭터를 감당하지 못한다. 싫어한다. 흰색인지 검은색인지 확실히 알아야 즐긴다.

언제부턴가 비중 맞먹는 선악 캐릭터의 대결이 트렌드다. 좋은 재벌이 나오면 그와 맞먹는 비중의 나쁜 재벌이 나온다. 좋은 변호사와 나쁜 변호사가, 좋은 검사와 나쁜 검사가 짝꿍처럼 나온다. 심지어 범죄자도 좋은 놈과 나쁜 놈으로 선명히 구분된다. 쌍둥이 없었으면 드라마를 어떻게 만들었을까 싶을 정도로 쌍둥이 설정이 흔한데, 쌍둥이조차도 하나는 좋고 하나는 나쁘다.

물론 진화한 바도 있다. 좋은 캐릭터는 옛날이나 지금이나 착하다고 판단되는 생각과 행동을 보여준다면(그저 조금 삐딱해졌을 뿐이다), 나쁜 캐릭터는 다종다양해졌다. 드라마의 시청률이 좋은 주인공이 아니라, 악역(나쁜 주인공)의 개성에 달려 있는 것처럼 보일 지경이다.

좋은 놈이 결국에는 나쁜 놈을 이긴다는 권선징악, 한 여자에게 두서너 남자가 달라붙고 한 남자에게 두서너 여자가 달라붙는 사랑 타령 같은 관습적인 설정은 바둑의 포석처럼 그냥 당연한 것이고, 드라마 시청률은 착한 놈과 나쁜 놈의 '게임'에 달려 있다. 생각하기 싫어하는 대중이 재미와 감동을 맛볼 수 있는 '게임'이 되어야만 한다.

드라마가 게임이나 마찬가지가 되었다는 것은 죽음을 다루는 방식에서도 확인할 수 있다. 〈태극기 휘날리며〉(2004)에서 무수한 인민군과 국방군이 (애국심 때문이 아니라) 장동건과 원빈의 형제애를 증명하기 위해 죽는다. 그 영화만큼은 아니지만, 미드 일드 한드 가릴 것 없이, 무수한 드라마에서, 오로지 주인공의 추리나 성공이나 사랑이나 눈물이나 효성을 위하여, 수없이 많은 사람이 별 개연성 없이 그냥 죽는다. 아무렇게나 죽어가고 상처받고 버려지는 사람들과 그들을 그렇게 만드는 좋은/나쁜 주인공을 게임 속의 캐릭터로 여기지 않는다면, 어떻게 재미와 감동을 맛볼 수 있겠는가.

2

거의 모든 드라마에 재벌급 가문이 나온다. 옛날에도 그랬지만 새천년 드라마에서는 더더욱 그렇다. 재벌 가문의 좋은 계승 후보와 나쁜 계승 후보가 싸워 결국에는 좋은 계승 후보가 승리한다. 좋은 계승자는 저능아든 범생이든 사생아든 신데렐라와 사랑을 하든 결국엔 훼방꾼들을 물리치고 아버지의 기업을 이어받는 것이다.

재벌 승계에 부정적이던 이가 드라마를 보는 사이에, 재벌 승계를 당연하게 여기며, 좋은 놈이 그 재벌을 이어받았으니 오히려 잘되었다고 손뼉 치는 대중으로 전락할 수도 있다. 부모 세대의 부를 가급적이면 상속세를 덜 내면서 자식이 이어받는 게 당연하다. 다만 재벌은 그런 상속 안 돼! 하던 마음이 재벌 상속 성공 드라마를 보며, 재벌이 우리랑 뭐가 달라, 나라도 이왕이면 자식한테 물려주고 싶은데 재벌은 오죽하겠어, 무른 마음이 될 수 있다.

드라마는 재벌이 돈을 대지 않으면 만들어질 수 없다. 재벌 욕하는 내용에 왜 재벌이 돈을 댄단 말인가. 분명한 것은 지금 거의 모든 재벌이 상속 혹은 승계 투쟁 중이라는 것이다. 재벌이 그렇게 요구하는 것인지, 방송사와 제작사가 알아서 그렇게 만드는 것인지 의문이지만, 이런 얘기를 하기 때문이 아닐까.

> 국민 여러분, 우리 재벌에 대해서 염려 많으시겠지만, 우리 재벌의 직계 상속 혹은 승계는 순조롭게 이뤄지고 있습니다. 결국에는 여러 자식 중에 좋은 놈이 우리 재벌을 이어받습니다. 자식이 한 명이면 그놈이 그냥 좋은 놈이고요, 혹시 안 좋은 놈이었으면 개과천선하든 신데렐라나 바보 온달을 만나서든 어떻게든 좋은 놈이 됩니다.

드라마에서 보셨다시피 좋은 놈이 총수가 되었으니 우리
재벌은 계속 좋을 것입니다! 우리 재벌을 믿어주세요!

즉 재벌 가족 상속은 당연하다는 논리만 깃들어 있다면 재벌
은 손해 볼 게 없다. 아니, 그 논리를 대중에게 무의식적으로 세
뇌시키기 위해 재벌 드라마는 계속 만들어질 필요가 있다. 저 말
도 안 되는 삼성의 승계 작업을 어느새 당연하게 받아들이고 있
지 않은가. 재벌들이시여, 제발 상속세 포함 세금만이라도 제대
로 내기를 바랄 따름이다!

3

〈이판사판〉(SBS/2017.11.22.~2018.1.11./32부
작), 〈미스 함무라비〉(JTBC/2018.5.21.~2018.7.16./16부작), 〈친
애하는 판사님께〉(SBS/2018.7.25.~2018.9.20./32부작). 이상의
드라마는 판사가 중심 캐릭터다. 주변 캐릭터로 머물러 있던 판
사가 전면에 부각된 것이다. 과거에도 그랬지만, 더욱더 재벌 2
세, 경찰(형사), 변호사, 검사 나오는 드라마 홍수다. 이른 바 살
인과 추리와 추격과 스릴과 잔혹이 난무하는 법정물이다. 더 자
세히 말한다면, 오랫동안 드라마의 중심 캐릭터였던 형사는 보
조로 밀려나는 양상이고, 변호사와 검사가 펼치던 대회전에, 판

사까지 끼어든 형국이다. 주인공이 잠깐 거쳐 가는 곳이었던 감옥을 드라마의 중심 무대로 끌어온 〈슬기로운 감빵생활〉(tvN/2017.11.22.~2018.1.18./16부작) 같은 드라마도 법정물에 속할 테다.

이런 드라마들이 현실을 반영하고 있는 것이라면 우리나라는 정말 몹쓸 나라다. 과거에는 그래서 그랬다 치자. 지금도 이 모양이 꼴이라니.

그렇지만 안심해도 좋은 걸까? 결국에는 좋은 형사/변호사/검사/판사가 좋은 재벌/범죄자의 도움을 받아 나쁜 재벌/형사/변호사/검사/판사/범죄자를 징치하고 어쨌든 끔찍한 감옥에 갇혀 살게 만든다는 내용이니까. 드라마 제작에 돈 대는 재벌과 참여하고 지원하는 사법기관들은 사법 정의를 끊임없이 의심하는 국민에게 그래도 사법 정의는 이루어질 수밖에 없으니 안심하라고 외치고, 대중은 재미와 감동을 맛본(게임을 즐긴) 대가로 사필귀정을 믿어주는 척하는 것일지도.

김지하 시인의 대표작 중 하나인 「오적五賊」을 기억하시는지. 1970년 《사상계》에서 처음 발표되었던 「오적」은 당대에 부정부패를 일삼는 재벌, 국회의원, 고급공무원, 장성, 장차관을 일제한테 나라 팔아먹은 을사오적이나 다름없는 오적이라 칭하면서 그들의 부패상을 담시譚詩라는 독창적 형식으로 통렬하게 풍자

했다.

현재의 무수한 법정드라마가 말하고픈 진실은 혹 이런 것이 아닐까.

　　　새천년 들어 우리 오적이 대한민국을 완벽히 접수했다. 정의 역전, 공정 승리, 철딱서니 없는 사랑 같은 미담 빼고는 다 사실이다. 금수저 출신의 최고 대학을 나온 오적과 오적의 수족인 금수저(경찰/변호사/검사/판사)가 유유상종의 네트워크로 똘똘 뭉쳐 법과 이 세상과 이 사회를 마음대로 주무르고 있다. 빽 없고 돈 없는 은수저와 흙수저는 감히 맞먹거나 비판하거나 따지거나 진실을 요구하지 말라. 그래보았자 너만 다친다. 정의구현은 드라마에서나 이뤄지는 것, 현실에서는 불가능한 거 잘 알지? 주는 대로 먹고 감사나 하란 말이다. 억울하게 간 감옥도 살 만한 곳이니 슬기롭게 생활하다 나와라.

4

　　　중년 탤런트가 드라마에 지나치게 많이 나온다는 생각을 해보았는지. 어느새 보이지 않거나, 갑자기 소환되어 다시 등장한 이도 있지만, 대개는 우리가 청소년일 때부터 죽 보아온 배우들이다. 성동일 씨나 라미란 씨처럼 중년이 돼서야 주역을 맡게 된 대기만성 배우도 있지만, 대개는 젊었을 때 주연급이었던 이는 나이 들어서도 주연급이고, 단역이었던 이는 지금도 단역이다. 심지어 〈미스터 션샤인〉(tvN/2018.7.7.~2018.9.30./24부작)에서 1970년생 이병헌 씨는 중년 아저씨들의 '롤리타 콤플렉스'를 풀어주듯 스무 살 어린 여배우와 '러브' 중이다.

마흔 살만 되면 꼰대 취급 받으며 소외되어 가는 다른 분야를 생각하면 중년 배우들의 대거 활약은 신기할 정도다. 그들의 꾸준한 활동에 한없이 경의를 표하지만, 당연한 현상일 수도 있겠다.

SBS(1991년 3월 20일 개국)의 가세로 드라마가 새로운 차원으로 중흥했던 1990년 무렵 무수한 탤런트가 등장했고, 그 청춘 스타들에게 열광하던 청년/청소년들이 있었다. 청소년 때부터 중년이 될 때까지 그 세대는 줄곧 드라마의 최대 시청자요 최대 소비자였다. 그러니 팬과 배우는 함께 나이를 먹었고, 요즘 드라마는 중년들이 재미와 감동을 맛볼 수 있는 내용으로 채워야 하고 그러니 중년 배우가 상당히 필요할 수밖에 없다.

내 생각엔 요즘 20대는 드라마를 즐기지 않는다. 알다시피 그들은 드라마나 보고 있을 시간이 없다. 시간이 있다면 예능을 보거나 게임을 한다. 요즘 젊은 세대는 드라마의 서사성(그 진부한

레퍼토리를 좋게 말해준다면)보다는, 각종 기괴한 예능 프로그램을 통해 얻을 수 있는 뭔가에 매료된 듯하다. 대세인 '예능'에 '기괴한'이라는 형용사를 붙인 것부터가 내가 꼰대라는 증거일 테다. 드라마를 본다 하더라도 미드나 일드를 본다. 한드는 '구리다'는 거다. 한드를 애국심과도 같은 애정으로 볼 수 있는 시간이 되고 드라마에 넘쳐나는 판촉물을 구매할 능력이 되는 것은 중년이다.

재벌은 못 되지만 자식에게 물려줄 만큼은 가진, 의사·교수·변호사·검사·판사 같은 직업은 아닐지라도 안정된 직장과 위치를 이룬, 공정하고 정의롭게 최선을 다하지만 돈과 불의의 위협에 곧잘 시달려야 하는, 평생 한 배우자랑 살며 오로지 자식을 위해 희생한 삶이 권태롭고 지겹지만 새로운 사랑을 찾아다니기도 여의치 않은, 비행기 타고 스튜어디스의 서비스를 받으며 어디론가 놀러 가고 싶지만 못 떠나는, 그런 중년의 시간을 때워주는 게(재미있다고 착각하도록 해주는 게, 위안해주는 게) 요즘 드라마 아닐는지.

부끄러움을 가르쳐주는 『객지』

•

　　　　　동혁! 이름도 어쩐지 멋있는 것만 같은 그 동혁
은, 바로 내가 되고 싶은 청년의 모습이었다.

　누구나 한때는 동혁 같은 청년이었을 것이다. 그리고 많은 청
년들이 동혁처럼 자기 한 몸보다는 보다 많은 사람들을 위하여
기꺼이 싸웠다. 일부는 동혁처럼 죽음과 외침을 맞바꾸는 극단
적인 선택을 하기도 했다. 우리 조국의 역사는 4·19혁명에서도
배울 수 있듯이 숱한 이동혁들이 일구어낸 전설이라고 해도 지
나친 말은 아닐 것이다.

　나 또한 이동혁 같은 청년이 되고 싶었다. 대단히 작위적인 인
물이라는 생각을 하면서도, 이동혁을 우상으로 섬기지 않을 수

없었다.

하지만 나는 동혁처럼 살지 못했다. 내가 이십 대를 산 1990
년대는 1970년대『객지』의 '개판'에서 몇 발짝 벗어 나오지 못
했는데, 내 한 몸을 아끼고, 보다 많은 사람들보다 내 한 몸을 위
하여 늘 비겁한 길을 택했다.

그래서 그런지 고등학교 때 그토록 감동적으로 읽혔던『객지』
는, 다시는 감동적으로 읽히지 않았다. 고통스럽게 읽혔다. 동혁
의 삶을 대하면, 나의 삶이 잘못된 것만 같고, 끝내는 부끄러워
졌다. 즉『객지』는 내게 부끄러움을 가르쳐주는 책이 되었다.

그러나 나는 언제든지 내게 부끄러움을 가르쳐줄 수 있는 책
을 품게 된 것을 참 다행으로 생각한다.『객지』를 몰랐다면, 내
젊음은 좀 더 파렴치했을 것이기에.

「껍데기는 가라」 읽기

●

　　군사 쿠데타로 권력을 잡은 자들과 그에 빌붙은 자들은, 수십 년 동안 4월 혁명의 주역들을 능욕했다. 입으로는 4월만 오면 4·19 정신을 떠들었지만, 그들이 수십 년간 해온 일이라고는 4·19 정신 훼손이었다. 가진 계급은 정말로 힘이 셌다. 가진 계급은 단결도 잘한다. 저 굳건하고도 완벽한 연대를 보라! 4월 혁명을 진정 슬퍼해야 하지 않을까? 추악한 위선자들의 더러운 입에서 걸레가 돼버린 4월을. 시인의 외침과 정반대로 돼버렸다. 껍데기만 남았다. 4월도 껍데기만 남았다. 껍데기는 영원할 것이다.

　　우리는 늦게 태어난 덕분에 4월 혁명의 주역이었던 학생들의 일부가 어떻게 변신하여 가진 자의 중심 어르신으로 떵떵거리는지 충분히 보아왔고 보고 있다. 그래서 꼴통 보수도 개나 소도 4월 혁명을 기리는 것이다. 모든 죄가 4·19 정신 계승을 외치는 순간 사하여진다고 보는가? 4·19는 당신들에게 종교 혹은 면죄부라도 된단 말인가?

내가 이 시를 처음 이해했다고 자신한 것은 스무 살 때였다. 그때 나는 죄 지은 게 없는 나이였으므로, 껍데기들을 마음껏 욕할 수 있었다. 그 후로 20년 동안, 나는 못 가진 계급에서 가진 계급으로 상승하기 위해 애면글면했다. 불혹지년에 이르러 가진 계급에 편입하지 못한 것은 확실하지만, 과연 내가 못 가진 자의 편이라고 말할 수 있을는지는 모르겠다. 분명한 것은 나도 껍데기가 되었다는 것이다. 신동엽 시인의 '껍데기'가 얼마나 넓고 깊은 말인지는 모르겠지만, 그 껍데기에 내가 포함되는 것만은 틀림없으리라.

마흔 살에 읽는 「껍데기는 가라」는 나를 창피하게 만든다. 4·19 정신을 외치는 어르신들이 하도 개념 없이 위선적이니 4·19 정신이란 게 있는지 없는지 긴가민가하여 무슨 정신을 이어받고 말고 같은 생각을 해본 적은 없지만, 껍데기는 되고 싶지 않았는데 말이다.

나는 『삼국지』가 재수 없다

•

나는 『삼국지』의 최대 교훈이, "좋은 권력—정의는 절대로 불가능하니 대중들은 정신 똑바로 차리고 살아야 된다"라고 생각한다. 『삼국지』의 인물들은 개나 소나 대의와 충의를 부르짖지만 어처구니없는 소리들이다. 그나마 가장 정의로운 자들이 있다면 권력의 무자비한 통치에 어쩔 수 없이 항거할 수밖에 없었던 농민들의 무리, 황건적이 유일하다.

『삼국지』의 주인공급 영웅호걸들은 중앙 권력을 도와 농민들을 토벌하는 과정에서 등장한 싸움꾼들일 뿐이다. 이후 『삼국지』는 이러저러한 싸움꾼들끼리 최고로 싸움 잘하는 놈 하나가 남을 때까지 수단과 방법을 가리지 않고 싸워대는 얘기뿐이다. 하극상이 난무하고 온갖 비겁한 술수와 계책이 난무한다. 국회의원들이 『삼국지』의 영웅호걸을 닮은 것은 다 이유가 있다. 그래서 『삼국지』에서 가장 웃기는 장면은, 싸움쟁이들이 싸우다 말고 문득 대의니 충의니 정의로운 소리를 나불거릴 때다. 죽어라고 싸우던 조직폭력배들이 한·일전 축구 시청하면서 어깨동무하고 '애국'을 부르짖는 꼬락서니다.

우리는 스포츠를 전쟁에 비유하기를 일삼으며 즐긴다. 대중은 실제로 전쟁을 하면 『삼국지』 꼴 난다는 것을 잘 안다. 실제로 전쟁을 하면 어느 나라가 이기고 지고는 별문제이고, 이긴 쪽이든 진 쪽이든 권력 상층부와 많이 가진 자들은 별 탈이 없지만, 일반 대중은 다행히 목숨을 건졌다 해도 무너진 삶의 토대에서 비참하게 살 수 밖에 없다. 『삼국지』에서 보라. 한 세력의 권력 상층부와 부자들은 죽어라고 싸우다가도 불리하면 항복한다. 승리자들은 항복한 자들을 그대로 받아주고 다시 그 권력과 재산을 유지하게 한다. 일반 대중만 죽어나는 것이다.

대중들의 스포츠에 대한 사랑은 높이 평가되어야 한다. 스포츠를 사랑함으로써, 권력자들의 전쟁 욕망, "누가 더 센 놈인지 가려보자!"는 조폭적 열망을 통제하고 있는 것이다. 어쨌든 거대 부자들의 대리전(거의 모든 스포츠 구단은 대기업의 것이다)이든 국가 대항전이든 싸움 구경인 것이다. 싸움 구경만큼 재미난 게 없다. 그러니 싸움이 주구장창 이어지는 『삼국지』야말로 엄청 재미있을 수밖에 없다.

사실 나는 『삼국지』가 참 재수없다. 『삼국지』가 없었다면, 『삼국지』에 소모된 훌륭한 작가들의 역량이 한국의 역사와 한국인의 삶을 기록한 이야기를 창출하는 데 기여했을지도 모른다. 결정적으로 『삼국지』보다 더 많은 재미와 교훈을 갖고 있지만, 사장될 수밖에 없던 좋은 책들이 한 권이라도 더 읽혀졌을 테다.

옛이야기에 담긴 교육·수련·연대·협동

●

아이를 키우다 보니 전래동화를 다시 읽어보게 되었다. 어릴 때는 그저 재미나게만 읽었는데, 나이가 들어서 그런지 '뼈'도 읽혀졌다. 호랑이가 등장하는 옛이야기 세 편을 '뼈 있게' 감상해봤다. 어째 단순한 전래동화 같지가 않고, 우리 세태를 풍자하는 듯하다.

'공부를 잘하는 101가지 비법'을 생각하는 것보다, 그 시간에 그냥 공부를 하는 게 낫지 않을까? 유복이도 '호랑이를 잡는 101가지 방법' 따위는 생각하지 않았다. 총 한 자루를 구해 맹렬히 훈련했다. 호랑이를 잡기 위해서는 오로지 사격 훈련이 필요할 뿐이다!

그럭저럭 3년의 세월이 흘러, 유복이는 11세가 되었다. 어머니에게 시험을 받았다. 불합격. 다시 3년을 수련했다. 합격했지만, 어머니가 더 어려운 과제를 제시했다. 불합격. 또다시 3년을 수련했다. 마침내 합격했다.

열일곱 유복이는 금강산을 향해 출발했다. 금강산 입구에서 만난 노파는 말했다. "네 아버지는 4킬로미터 밖의 바위에 있는 개미를 맞힐 수 있었다." 청소년은 자신 있게 도전했지만 불합격. 또다시 3년간 수련했다. 스무 살이 되었다. 합격. 어머니에게 가정교육을 6년 받았고, 사회 스승에게 또 3년을 배운 것이다. 이토록 9년을 수련해야 잡아보겠다고 도전해볼 만한 게 호랑이였다.

드디어 미션. 골짜기에서 중을 만났다. 호랑이의 변신임을 알아보고 제거. 순조로운 출발. 감자 캐던 할머니를 만났다. 역시 호랑이의 위장임을 간파하고 제거. 거침이 없다. 우물에서 물 긷는 미녀를 만났다. 정체를 간파하고 제거. 일사천리! 급히 산을 내려오는 괴한을 만났다. 역시 정체를 알아채고 제거. 벌써 네 마리나 잡았다. 조기교육 덕분일까, 청년은 난관들을 수월하게 돌파했다. 하지만 조기교육과 개인적 수련으로 도달할 수 있었던 수준은 여기까지였다.

그때까지 젊은이가 물리친 것은 그저 잔챙이들뿐이었다. 게임이라면 아무리 강력한 대왕 보스 괴물 캐릭터가 나와도 놀라운 손가락 신공으로 미션을 완수했을 테다. 그러나 현실의 적은 강고했다. 이번에는 산처럼 큰 한 마리 백호가 나타났다(그 전의 네 마리는 왜 사람으로 위장하고 있었던 거지?).

청년은 재빨리 총을 쏘았다. 호랑이는 거대한 이빨로 젊은이가 쏘아대는 탄환을 받아내서 하나하나 내뱉었다. 킹콩이다. 로보캅이다. 터미네이터다. 〈킹콩〉은 1933년에 제작된 영화다. 우리 조선에는 킹콩을 능가하는 금강산 호랑이가 있었다! 아무리 노력해도 강고한 적은 꿈쩍을 않는다. 절망이다. 청년은 호랑이 배 속으로 빨려들어 갔다.

그러나 그대로 호랑이의 배 속에서 소화될 수는 없는 것이다. 헛된 희망이라도 품어야 한다. 혼자서는 외로운 길이다. 그러므로 기절해 있는 처녀를 발견하고 간호하여 소생시킨다. 그리고 호랑이 배 속을 뚫을 수 있는 작은 칼도 발견한다. 둘은 합심하여 해피엔딩으로 마구 달려간다. 그리하여, 저 강대한 호랑이를 쓰러뜨릴 수 있었던 결정적인 아이템은 뜻밖에도 연대(사랑일 수도 있겠다)와 협동이었다.

심술궂은 호랑이 한 마리가 할머니의 무밭을 자주 망쳤다. 할머니는 더 이상 당하고만 있지 않기로 했다. 할머니는 연륜에서 우러나오는 지혜로써 호랑이 잡을 계책을 생각해내었다. 일단 적을 유인해야 한다. "오늘밤 우리 집에 오시오. 팥죽을 대접할 테니. 굉장히 맛있고 몸에도 좋아요!"

할머니는 치밀한 작전을 짜고, 집 안의 무생물들에게 도움을 청했다. 모두들 선뜻 할머니를 돕겠다고 나댔다. 할머니의 무밭이 망가지면 할머니가 생계를 유지할 수 없다. 할머니가 파산하거나 죽기라도 한다면 할머니의 집도 버려질 것이다. 할머니를 돕는 것은 자신들의 삶도 돕는 것이다. 뭉치지 않으면 공멸한다는 위기감이 그들을 똘똘 뭉치게 했다.

화로의 재는 호랑이 눈이 보이지 않게 했다. 물통의 고춧가루는 호랑이 눈을 쓰라리게 했다. 수건의 바늘은 호랑이 눈을 피범벅으로 만들었다. 부엌 앞의 쇠똥은 호랑이를 미끄러뜨렸다. 그때 멍석이 와서 호랑이를 둘둘 말아 대문 쪽으로 가져갔다. 지게가 기다리고 있었다는 듯이 호랑이를 지고 가서, 바닷속 깊이 버렸다. 깨끗한 뒷마무리.

할머니와 재·고춧가루·바늘·쇠똥·멍석·지게가 연대하여, 치밀한 협동 작전으로 호랑이를 잡은 것이다. 통합은 어렵지만 연대는 쉽다. 통합은 모든 것을 양보해야 한다. 그러나 연대는 조금만 양보하면 된다. 그리고 조금씩만 힘을 보태면 된다. 연대하고 협동하면 호랑이 같은 강대한 적도 물리칠 수 있다.

야살스럽게도 연대와 협동을 조롱하는 옛이야기도 있다. 호랑이들은 나무 위로 올라간 나무꾼을 잡겠다고 합동 작전을 펼친다. 여러 마리 호랑이가 무등을 태워 호랑이 사다리를 만든 것이다. 나무꾼은 죽기 전에 마지막으로 피리나 불어보기로 한다.

그런데 그 피리 소리에 호랑이 한 마리가 춤을 춘다. 하필이면 맨 밑에 있는 호랑이가 음률을 아는 호랑이였다. 피리 소리만 들리면 무당이 굿할 때처럼 춤출 수밖에 없는 호랑이. 이 가무를 즐기는 호랑이가 무아지경으로 춤을 춰대는 바람에, 무등을 타고 있던 그 위의 호랑이들이 추락 사고로 전멸했다. 나무꾼의 피리 소리가 들리지 않을 때까지, 무당 호랑이는 춤만 춰댔다. 이 끔찍한 이야기는 무조건적인 연대와 협동이 독이 될 수도 있다는 걸 경고하려는 것일까?

글쓰기로 스트레스를 푸는 세상

●

       평범한 사람들은 일기나 편지를 쓸 때를 제외하고는 작가가 될 수 없었다. 글을 발표할 공간이 태부족했기 때문이다.

  신문과 잡지는 소수의 글쟁이만 있으면 충분히 지면을 채울 수 있었고, 책은 아무나 낼 수 있는 게 아니었다. 소위 등단이라고 부르는 엄격한 과정을 통과한 소설가나 시인들, 학위와 권위를 획득한 교수나 사회 저명인사, 자비 출간을 마음대로 할 수 있는 부유한 자들, 이러한 극소수 부류에게만 글쟁이가 되고 책을 내는 영광이 주어졌다. 때문에 '작가'는 경제적으로는 굶어 죽을 팔자라는 동정도 받았지만 명예적으로는 무슨 위대한 영적

계급의 호칭처럼 회자되었고, '문학'은 작가가 아닌 자들이 쓰는 글과는 격이 다른 예술로 승화했다.

그런데 인류사의 찰나에 불과할 최근 20여 년 동안 새로운 시대가 펼쳐졌다. 인터넷은 인류의 글쓰기에 대해서도 미증유의 혁명을 가져왔다. 사이버와 스마트폰과 소셜 네트워크는 광대한 지면을 탄생시켰다. 전 인류가 다 달라붙어도 다 못 채울 글쓰기의 공간!

단순히 독자 역할만 하던 대중이 그 무한한 공간을 채우기 위해 작가로 나섰다. 소위 '문학인'들만 글쓰는 것에 재미를 느낄 수 있는 게 아니었던 것이다.

모든 사람이 글 쓰는 것에 재미를 느낄 소지가 있다. 말 많은 사람이 괜히 말이 많은 게 아니라 말하는 데 재미를 느끼기 때문이듯이, 글쓰기의 재미에 한번 빠지면 쉽사리 헤어나지를 못한다. 게다가 전문 작가도 아니니, 글의 수준이나 대중성이니 예술성이니 때문에 괴로워할 이유도 없다. 이미 글쓰기의 재미에 푹 빠져, 독서보다 창작을 더 즐기는 수많은 이들이 있다.

사이버에는 기존의 문학 범주에 넣을 만한 시와 에세이와 소설 등이 헤아릴 수 없이 축적되어 있다. 글의 종류가 모호한 것들까지 더한다면, 이미 저 하늘의 별보다 많은 양의 글이 사이버에는 있을지도 모른다. 일부 무의미한 욕설과 인신공격적인 비방을 담은 것 때문에 성토를 당하고 있는 그 무수한 댓글 중에도 읽으면 감탄하게 되는 글도 많은데, 이러한 댓글까지 계산에 넣는다면 그 양은 더욱더 헤아리기 어렵다.

수많은 대중이 작가 겸 독자 역할까지 하는, 아니 어쩌면 독자보다는 작가를 하는 이 시대! 글쓰기가 극소수의 것에서 모두의 것이 되었다는 점에서는 분명 축하해야 할 것이다.

그런데 왜 사람들은 글을 쓰고 싶어 하는 것일까. 업무에 바쁘고 일상에 지친 사람들이 도대체 왜? 폼 나 보이니까? 누군가에게 잘 보이기 위해서? 상을 타기 위해서? 이런 바람이 없다고는 말 못하겠지만, 궁극적으로 그런 것(어떤 눈에 보이는 성취)을 바라고 글을 쓰는 사람은 별로 없을 테다. 그냥 쓰고 싶었던 것이다. 누가 강요하지도 않았는데, 자발적으로 글을 썼던 것이다.

편의상 우리에게는 외향과 내면이라는 것이 있다고 하자. 외향은 겉으로 보이는 마음이나 의식이고, 내면은 내 안에 깃든 마음이나 의식이라고 하자. 우리는 내면대로 살 수가 없다. 무수한 타자들과 쉼 없이 관계해야 한다.

아주 많은 경우에 외향과 내면이 일치하지 않는다. 단순한 예로, 점심을 먹은 다음에 내면은 줄기차게 잘 것을 요구하지만, 외향은 잘 수가 없다. 억지로 잠을 자지 않고 버틸 경우, 내면은 상처를 받는다. 하고 싶은 대로 하지 못해서 화가 나고 짜증나는 것이다.

일상은 끝없이 내면을 공격한다. 하고 싶지 않은 것을 강요하여 내면을 힘들게 하고, 하기 싫은 것을 억지로 하는 동안, 해야만 한다는 외향과, 하지 말자는 내면이 치열하게 싸워댄다. 결국 해내서 보람을 느낀다면 외향과 내면이 동시에 잠깐 즐거울 수도 있겠지만, 그걸 해내는 과정에서 이미 내면은 상당한 정도로 아팠다.

이 늘 상처받고, 통제받고, 억압받으며, 자율과 타율 사이에서 갈등하는 내면은 그래서 항상 스트레스에 시달린다. 스트레스는 아주 단순하게 말해서, 내면의 피로감이다. 프로이트 식으로 말하자면 그래서 우리는 꿈을 꾼다. 외향이 쿨쿨 잠들어 있는 동안, 종일 아팠던 내면은 수십 가지 꿈을 만들어 피로감을 해소시키려고 안달복달한다.

그런데 안타깝게도 꿈꾸는 것만으로는 내면의 피로가 해소되지 않는다. 꿈으로는 도저히 해소가 안 되는 스트레스들이 내면에 검은 안개처럼 드리워져 있다. 아는 게 많을수록 고민, 근심, 걱정이 늘어나고 이 내면의 병들은 꿈이 아닌 다른 치료 방법을 원한다.

내면을 치유하는 방법은 사람마다 다르다. 스포츠로, 게임으로, 연애로, 여행으로……

그런데 다른 이들이 보기에 기이한 방법으로 내면을 치료하는 자들이 있다. 바로 글을 쓰는 사람들이다. 그들은 글을 쓸 때 가장 행복하다고 착각할 여지가 높다. 한 줄 한 줄 써가면서 내면의 응어리나, 자유의지를 끄집어낸다. 내면의 응어리를 분쇄하고, 자유의지를 마음껏 실현한다. 그러니까 글은 내면의 해우解憂인 셈이다.

때문에 글을 쓴다는 것은 칭찬을 못 받아도, 상을 못 타도, 아니 아무에게 보여주지 않고 혼자만 읽고 보아도, 즐거운 일이다. 누구를 위해서가 아니라, 자신을 위해 쓴 것이고, 쓰는 자체가 즐거웠던 것이다. 일기든 에세이든 소설이든 SNS 글이든 뭔가를 쓰면서 살아가는 사람은 축복받은 사람이다. 누구라도 마음껏 글을 쓸 수 있든 시대가 열렸다.

보다 많은 사람들이 '글쓰기'로 스트레스를 푸는 세상, 바로 그 세상이 인류가 꿈꾸었던 무릉도원일지도 모른다.

이기적인 선생님!

●

　　세상에 그 어떤 제자가 제대로 된 제자였다고 말할 수 있을까. 나 역시 이십 대 학부 시절에, 저명한 소설가 L선생님께 한없이 불성실한 학생이었다. 선생의 말을 거의 알아듣지 못했고, 그 말에 담긴 진정은 더더욱 눈치채지 못했다.

　왜 초원으로 가는 길에 대해서만 말하시고, 풀 뜯어먹는 확실한 방법은 안 가르쳐주시는 건지 불평이나 늘어놓을 뿐 존중하지도 못했다.

　지금이야 풀 뜯어먹는 방법 따위는 정말 사소한 것이고, 초원의 세계에 전력으로 다가가는 자세, 그것이 바로 진정 중요한 그것이며, 나는 그걸 선생께 배웠다는 걸 어렴풋이 깨닫게 되었지만, 어렸을 때는 우매해서 알지 못했다.

이상하게도 학교에서 배울 때는 나에게 거의 영향을 미치지 않았던 선생의 가르침이, 소설가로 살아가는 동안에는 줄기차게 나를 검열했다. 이 문장 이거, 선생이 보셨다면 분명히 엉망이라고 나무라실 텐데, 이 얘기는 진실성이 없다고 진짜를 쓰라고 타박하실 텐데! 훌륭한 평론가들도 알아채지 못할 것이라 할지라도, 혹시 선생님이 보고 한심해하며 혀를 차지 않을까 두려워서 '한 번 더' 퇴고에 들어가고는 했다.

나는 뒤늦게 대학원 들어간 보람으로 L선생님의 마지막 강의를 듣는 행운을 누렸다. 선생은 1차시에 말했다(이하 선생의 말씀은 녹취라도 한 것처럼 정확히 재현한 것은 아니지만 사실에 최대한 가깝게 재구성한 것이다).

"30년 가까이 소설을 가르쳐왔지만, 소설이 과연 가르칠 수 있는 것인지 모르겠어. 소설을 어떻게 가르친단 말인가? 혼자 알아서 하는 거지. 하지만 어쩌겠나? 이렇게 만났으니 열심히 해봐야지."

선생의 마지막 강의는 옛날과 다름이 없었다. 선생은 우선 기본 중의 기본인 문장을 집중적으로 지적했다. 처음부터 끝까지 오문투성이인 글은 한두 쪽만 얘기하는 데도 20여 분이 걸렸고, 문장이 안정된 소설은 전체적으로 탐색하여 오문을 잡아내고 해결책을 제시했다.

올바르고 명확한 문장, 그것이 선생의 제1모토였다. '문장이 기본이고 기본이 안 된 것은 소설이 아니다'라고 요약할 수 있었다.

나는 딴생각을 했다. 학생 소설을 저 정도로 세밀하게 분석해 오시다니, 대체 몇 번이나 보신 걸까. 어느 날 뒤풀이 자리에서 선생은 그 궁금증을 풀어주었다.

"기본적으로 꼼꼼히 두 번을 보는데, 그러고 나서도 틈틈이 들 춰보는 거야. 지적할 게 많은 소설은 칭찬할 것을 더 찾아보고, 칭찬할 게 많은 건 또 교만해질까 봐 지적해줄 것을 더 찾아보고, 분주해. 일주일에 서너 편인데, 나는 느려서 그런지 그것만으로도 일주일이 숨이 가쁘네. 그러니 내 소설을 통 못 썼지. 그런데 옛날 학생들은 소설을 일주일 전에 줘서 성의를 다할 수 있었는데, 요즘에는 인터넷으로 전날 날리니 이것참, 한 번 읽기도 벅차."

나는 겸연쩍었다. 나는 어줍게 시간강사로 합평회 강의를 나가고 있었는데, 선생처럼 꼼꼼히 두 번씩이나 읽은 적이 한 번도 없었다. 문장 하나하나를 봐가며 한 번 꼼꼼히 읽는 게 얼마나 중노동인지 잘 아는 나는, 팔팔한 나이에도 불구하고 애들이 대 충 썼으니까 나도 대충하자, 라는 유혹으로부터 자유롭지 못했다. 그런데 선생은 30여 년을 변함없이 대충이 악마라도 되는 듯 멀리하고, 학생들이 대충 쓴 작품을 전력투구하여 파악해온 것이다.

그런데 선생은 꽤 소심했다. 어느 날 뒤풀이 자리에서 선생은 말했다.

"나도 내 말이 맞는 건지 의문이 들 때가 많아. 부끄러운 고백이지만 분위기에 휩쓸릴 때도 있어. 이런 말을 준비해왔는데 학생들이 다 다르게 얘기하는 거야. 내가 잘못 봤나 해서 준비해온 대로 말이 안 되고 이리저리 말하다 보면 내가 무슨 말을 하고 있는지 모를 때도 있다네. 무엇보다도 걱정은 내 말에 혹시 상처받았으면 어떻게 하나, 하는 거야. 지금 술 마시면서 울고 있는 건 아닐까. 좀 더 격려하는 말을 해줄 수도 있었는데, 후회할 때가 많아. 소설을 더 열심히 쓰도록 부추겨야 하는데 상처를 주어서 소설에서 멀어지게 한 것은 아닌지."

그날의 합평회에서 시쳇말로 엄청 깨진 합평자가 참석하지 않자 선생은 걱정스러워하는 것이었다. 그 학생이 뒤늦게 쌩쌩한 얼굴로 나타나자, 그리고 오늘 선생님 말씀 너무 감사했다고 말하자, 선생의 얼굴은 술기운 때문이기도 하겠지만 발갛게 탐스러워졌다.

생각해보면 선생에게 '상처'는 오랜 소설적 화두였다. 특히 말(폭력)에 의한 상처 주고받기. 선생은 서로에게 상처를 주고받을 수밖에 없는 소설 합평회 시간이 30여 년 동안 변함없이 부담스러웠던 모양이다.

이제 진짜 마지막 시간에 대해서 말해야겠다. 선생의 공식적인 마지막 학기 마지막 강의, 선생은 이렇게 말했다.

"소설가가 되고, 소설가로 살아가는 데에는 재능, 행운, 노력이 세 가지가 있어야 되는데, 나는 그중에서도 역시 노력이라고 생각하네. 재능이 부족하더라도 운이 안 따르더라도 노력하는 자에게는 못 당하지. 노력들 하게!"

『이기적 유전자론』으로 말하자면 선생은 '자신의 소설을 잘 쓰려는 유전자'와 '남으로 하여금 소설을 잘 쓰게 하려는 유전자'가 대결하다가, '남으로 하여금 잘 쓰게 하려는 유전자'가 승리한 이후에는, 'L선생식 소설적 유전자'를 후학들에게 뿌리기 위해 온 세월을 바쳐왔다.

선생이 뿌린 소설적 유전자 중에는 크게 성공하여 선생을 능가하는 것도 있을 테고, 미미하게 겨우 빛을 발하는 경우도 있을 테고, 싹을 틔우지 못하는 경우도 있을 테다. 하지만 분명한 것은 선생의 이기적인 유전자, 아니 이타적이라고 말해도 좋을 그 소설적 유전자가, 하나의 강을 이루리라는 것이다.

『죄와 벌』은 왜 그토록 읽혔을까?

●

　　　도스또예프스끼(이름이 길고 복잡한 것은 누구나 인 정할 만한 사실일 테다. 이하, '도끼'라고 약칭하겠다)의 『죄와 벌』과 『카라마조프 가의 형제들』, 둘 중에서 어떤 것이 더 훌륭한가 를 따지자면 의견이 분분하겠다. 하지만 어떤 것이 더 유명한 가를 따진다면 답은 명백하다. 『죄와 벌』이다. 적어도 우리나 라에서는.

　『도스또예프스끼 읽기 사전』에 의하면, 대한민국 건국 이후부 터 2002년까지 도끼의 모든 작품이 꾸준하게 번역, 출간되었는 데, 『죄와 벌』이 97회로 압도적 1위였고, 『카라마조프 가의 형제 들』이 40회로 2등이었다.

이 공식 집계에 포함되지 않은, 소위 말하는 다이제스트판(어린이를 위한 각양각색의 동화책, 바쁜 청소년과 성인을 위한 축약판, 유령 출판사에 의한 무성의한 편집판, 해적판 등등)까지 고려한다면, 도끼의 책은 어마어마하게 자주 출간되었으며, 그중에도 최고로 자주 출간된 책은 『죄와 벌』이다.

다이제스트판 이야기가 나와서 하는 얘기지만, 아마도 우리나라의 많은 독자들이 대개의 세계 명작을 어린 시절에 다이제스트판으로 읽었을 것이다. 『죄와 벌』을 자신 있게 읽었다고 말하는 독자들 중에도, 차근차근 회상해보면 다이제스트판을 읽었던 경우가 꽤 있을 테다.

나 역시 고등학교 시절에 『죄와 벌』을 축약판으로 읽었던 기억이 있다. 사실 그때는 그게 축약판인지도 몰랐다. 20년 전의 일이라 기억이 흐릿하지만 축약판임에도 불구하고 무지막지한 감동에 시달렸던 것 같다.

내가 제대로 된 『죄와 벌』을 읽은 것은 서른일곱 살 때였다. 몸과 마음이 다분히 지쳐 있을 때, 우연히 들른 서점에서 가장 저렴한 가격에 가장 두꺼운 책을 고르다가, 새로이 편집되어 나온 전집판 중의 하나인 『죄와 벌』을 발견했다. 그때 나는, '참 죄가 많은 인생이다, 벌을 받느라 이토록 고통스러운 것이다' 하고 꽤나 우울했었는데, '죄'와 '벌'을 보자 문득 읽어보고 싶어졌다.

나는 읽는 내내 전율 상태에 빠졌다. 한없는 감동의 화수분에 시달리다가, 충동적으로 '도스또예프스끼 전집'을 구입하기에 이르렀다.

전집을 읽노라니 알 것 같았다. 『죄와 벌』이 97회, 『카라마조프 가의 형제들』이 40회인 이유가 있었던 것이다. 이 두 작품이 가장 읽기에 편하고 가장 재미있었으며 가장 울림의 폭이 크고 넓었다.

도끼의 소설에는 어떤 공통된 특징이 있다. 우선 짧은 시간에 집약되어 있다. 200쪽을 넘겼는데도 소설 속에서의 시간은 하루가 끝나지 않은 식이다! 대부분 대화로 채워져 있다. 요즘 유행하는 말로 하자면 '팜파탈' 같은 여인이 몇 명 나오고, 그 팜파탈 여인들에게 사정없이 매이고 휘둘리고 몸과 마음을 송두리째 바치려는 남자들이 여럿 있다. 연애 드라마처럼 말이다. 마치 '정신 나간 여자들과 얼빠진 남자들의 지칠 줄 모르는 수다'를 듣고 있는 것 같다. 한번 대화가 시작되면 10쪽, 20쪽, 30쪽씩 계속된다. 말이라는 게 실생활에서도 길면 길수록 지루해지기 마련인데, 정말로 지루했다.

『죄와 벌』, 『카라마조프 가의 형제들』 역시 그렇다! 하지만 두 작품에는 도끼의 다른 작품을 읽을 때 맛보는 지루함을 없애버리는 그 무언가가 있다!

도끼의 초기작 『가난한 사람들』과 『분신』에는 패기만만한 신인 작가의 능력 선포와 선도적인 실험이 드러나 있다. 『백야』 등의 중·단편에서는 한 번에 뜬 작가의 조급함과 절망과 적의, 그리고 생활에 치여 이 글 저 글 막 쓰는 매문 작가의 치욕 같은 것이 있다. 그러다가 도끼는 갑작스레 사형수가 되어 죽을 뻔했지만 천우신조로 살아나 시베리아로 유형을 가 살게 되는 바람에 강제로 '절필'된다. 천재 작가는 무려 10여 년이나 소설을 쓰지 못한다.

마흔 가까운 나이에 문단에 복귀한 작가는 『상처받은 사람들』과 『죽음의 집의 기록』 등을 쓰며, 그가 돌아왔음을 알린다. 도박에 중독되어 거의 엽기에 가까운 삶을 살면서도, 엽기에 가까운 열정으로 소설을 계속하여 써낸다. 10여 년 소설을 못 쓴 한을 풀듯! 마침내 45세에 불멸의 명작 『죄와 벌』을 쓰고, 그 이후에도 열정적인 창작을 계속해 예순 가까운 나이에, 『죄와 벌』보다 인기는 덜할지라도 작품성은 더 훌륭할지도 모르는 『카라마조프가의 형제들』을 쓴다. 그러고는 60세에 소설을 위해 모든 것을 바친 사람처럼 죽는다!

그러고 보면 도끼는 참으로 둔재(천재성은 부족하나 노력으로 천재보다 뛰어나게 된) 작가이며 대기만성의 작가였다. 그의 등단작은 그렇게 대단한 작품이 아니었고, 빛나는 이십 대 시절에 오래도록 보다 많은 이가 인정할 만한 소설을 쓰지는 못했다. 하지만 마흔이 훌쩍 넘어, 노름빚에 쫓기면서도 줄기차게 써서(빚 때문에 쓸 수밖에 없었는지도 모르겠지만) 『죄와 벌』을 필두로 한 불멸의 작품을 써냈고, 『카라마조프 가의 형제들』이라는 거대한 봉오리를 터트리고는 극적으로 산화했다!

나는 도끼가 이 세상에 남긴 두 명작에 대하여 이렇게 말하고 싶다. 치열한 고뇌, 구원자적 행로, 개성적인 인물들의 사실적인 삶, 추리소설을 연상케 하는 박진감, 심오한 대화와 심리 묘사, 광대한 서정과 예리한 감각, 농밀한 인생 탐구, 이 모든 것이 황홀하게 결합되어 있는, 인생 사전.

하지만, 대한민국 건국 이래 『죄와 벌』이 97회나 번역, 출간되고, 수백 종의 다이제스트판이 출간될 정도로, 오래오래 읽혔던 이유는 엉뚱한 데에 있었는지도 모른다.

『죄와 벌』에는 '죄와 벌'이라는 말을 들으면 아프거나 우울해지는 이들에게 커다란 위안을 주는 치유 마법이 담겨 있다. 괴로운 사람들이 몹시 거시기할 때 『죄와 벌』을 읽으면 묘하게 진정된다. 심지어 활기를 되찾는다. 이것이 마법이 아니고 무엇이겠나.

우리나라엔, 스스로 '죄 많은 인생'이라고 자학하거나, '벌 받은 인생'이라고 괴로워하는 사람들이 정말 많다. 우리나라는 『죄와 벌』이 사랑받기에 최적의 환경을 갖춘 나라였던 것이다.

낮잠 찬미

●

　　우리는 무척 피곤하다. 우리의 뇌는 전기 코드가 수없이 꽂힌 콘센트와 같다. 잠시라도 전원을 꺼주지 않으면 과부하에 걸린다. 그래서 낮잠이 천사처럼 우리를 찾아오는 것이다. 낮잠은 슬그머니 다가가 우리의 뇌를 쓰다듬는다. 그러면 우리의 뇌는 못 이기는 척 모든 작업을 중지하고 달콤한 휴식을 취한 뒤 재부팅한다.

　　생각해보라. 뇌는 얼마나 바빴는가. 밤에 잠을 충분히 잤다고? 물론 우리는 잤다. 그러나 뇌는 잠들지 못했다. 하루 동안 쌓인 정보를 정리하고 분류했다. 중요하지 않거나 중복되는 것은 무의식의 영역 같은 깊숙한 곳에 쌓아두었다. 긴급히 풀어야 하거나 분출해야 될 것은 꿈의 파노라마로 해결했다. 꿈은 깨어난 우리가 기억도 못할 대수롭지 않은 것일 수도 있겠지만, 뇌로서는 엄청난 에너지가 소비되는 활동이었다.

또한 우리는 아침부터 전투병처럼 분주했다. 번개 같은 준비와 식사, 대중교통이든 자가용이든 오감각을 최대한도로 가동해야 하는 출근, 그 와중에 텔레비전, 신문, 스마트폰, 옥외 광고판 등등으로부터 몰려오는 새로운 정보, 고도의 정신 집중을 요하는 오전 근무……. 거기에 점심을 먹어야 한다. 소화기관 못지않게 사고 기관도 분주하다. 함께 먹을 사람을 선택해야 하고, 메뉴를 골라야 하고, 밥 먹으면서도 적절한 화제를 취해 대화를 해야 한다. 어찌 뇌가 파김치가 되지 않을 수 있겠는가. 뇌는 장시간 사용으로 속도가 한없이 느려진 데다가 바이러스에 감염된 컴퓨터 꼴일 테다.

낮잠이나 밤잠이나 뭐가 다르냐. 밤잠이 그토록 바쁜 것이라면 낮잠도 그만큼 바쁘지 않겠느냐, 이런 의문을 가질 수도 있겠다. 그러나 밤잠과 낮잠은 다르다. 밤잠은 노동이라면 낮잠은 휴식이다. 낮잠 역시 꿈을 꾸지만, 낮잠의 꿈은 그렇게 많은 에너지를 소비하지 않는다. 낮잠의 꿈은 컴퓨터가 재부팅되는 동안 들려오는 음악이라고 생각해도 좋다.

낮잠이 우리의 뇌를 멈춘 시간은 매우 짧다. 길어야 한 시간

정도다. 하지만 효과는 끝내준다. 황사처럼 뿌옇던 뇌는 맑아졌다. 물 먹은 솜처럼 무거웠던 뇌는 가벼워졌다. 배고파 쓰러졌던 짐승이 산삼이라도 먹은 듯 돌연 활기차졌다. 건드리면 바로 폭발할 것 같았던 감정은 진정제라도 맞은 듯 유순해졌다. 이 모든 게 낮잠이 다녀갔기 때문이다.

낮잠이 10분, 20분만 다녀가도 뇌는 완전히 새로 태어난다. 상상력이 메말랐던 사람, 독창성이 바닥났던 사람, 영감은커녕 최소한의 감각마저 찾아볼 수 없던 사람, 낮잠이 다녀간 뒤 딴사람이 되었다. 상상력이 곧 뿜어져 나올 것 같은 그의 눈빛, 독창적인 아이디어가 활화산처럼 이글거리는 그의 입술, 산지사방에서 날아오는 다양한 계시를 마음껏 받아들이고 소화해낼 수 있을 만큼 활발한 그의 영감. 그 모든 게 낮잠 덕분이다.

이처럼 훌륭한 낮잠을, 우리나라 사람들이 무시하게 된 결정적인 까닭은 공자님을 깊이 공부했던 주자님 때문일지도 모른다.

소년이로학난성 少年易老學難成 (소년은 쉽게 늙고 학문은 이루기 어렵다).

일촌광음불가경 一寸光陰不可輕 (순간의 세월을 헛되이 보내지 마라).

송나라의 대유학자로서 성리학을 집대성한 주자의 《주문공문집朱文公文集》 권학문勸學文에 나오는 시의 첫 구절이다. '일촌광음불가경'이야말로 낮잠이 무시받게 된 결정적 원인이 아닐까. 주자는 공자님 말씀을 가장 잘 해석했다고 알려진 분이신데, 우리나라 역사에서는 공자님보다 더 큰 영향력을 발휘했다. 조선왕조 500년은 '성리학(주자학) 만세'나 다름없었다. 조선왕조가 끝난 지도 100년이 훌쩍 넘었지만, 식민지 시대, 내전, 군부독재, 민주화 운동기, 인터넷 시대 안 거친 게 없지만, 성리학 정신은 면면히 살아 숨 쉬고 있다. 그 성리학 정신을 요약하는 한마디가 '일촌광음불가경' 아닐까.

까놓고 말해서, 한순간도 헛되이 보내지 말라는 것 아닌가. 잠시도 쉬지 말고 계속 일하라는 거 아닌가. 오로지 노력, 또 노력하라는 거다. 우리는 로봇이 아니다. 사람이다. 사람은 자야만 한다. 밤에는 길게 자주고, 낮에는 짧게 자주어야 한다. 그래야 뇌가 정상적으로 활동할 수 있다.

'일촌광음불가경'만 하지 말고 '일촌광음가경'해도 좋지 않을까. '순간의 세월'을 낮잠 자는 시간으로 생각해보자. 그 짧은 시간 자면서 고민하고 추리하고 걱정하고 그러면 자도 자는 게 아니다. 낮잠을 잘 때 그저 '헛되이' 자야 한다. 이른바 '재충전의 시간'이 되려면 아무 생각 없이 헛되이 시간을 보내야 한다. 사색의 공간, 고독의 시간을 잃어버린 현대인에게 거의 유일한 휴식은 낮잠 시간이지 않은가. 그 유일한 휴식 시간을 가장 알차게 쓰는 방법은 헛되이 보내는 것이다.

관습적으로 '시에스타'를 하는 나라들이 있다. 시에스타 하면 떠오르는 나라 스페인을 비롯해서, 스페인의 지배를 받았던 라틴아메리카 국가들, 그리고 필리핀, 중국, 베트남, 인도, 이탈리아, 그리스, 크로아티아, 몰타 등에서도 나타난다. 위의 국가들은 낮 기온이 상당히 높은 것이 공통점이다. 날씨가 더울 때 많은 양의 음식을 먹었으니 안 졸릴 수 없고 무조건 자줘야 한다는 것이다. 시에스타 하면 이상한 나라들의 이상한 습관처럼 생각되지만, '낮잠' 해보라. 우리나라라고 다를 것 없다. 사람은 덥고 배부르면 졸게 돼 있다. 추운 겨울이라도 배불리 먹고 뜨끈뜨끈한 방에 등 지지고 누워 있으면 잠 온다. 배고프고 항상 추워서 졸음도 안 오는 나라가 이상한 거지, 낮잠을 즐기는 나라는 살 만한 세상이 아닐까.

그런데 춥고 배고파서 잠도 안 오는 나라보다 더 안타까운 경우가 있다. 배가 부르고 더운데도, 낮잠이 얼마나 효율적인 수단인지 온 나라 사람들이 다 아는데도, 낮잠 자기가 상당히 어려운 나라! 일단 편히 잘 데가 없다. 의자가 최선이다. 안락의자를 사용할 수 있는 분은 소수다. 무수한 직장인들과 학생들이 의자와 책상을 이용해 거의 요가 수준으로 잔다. 낮잠 자는 것을 무슨 '범죄'처럼 바라보는 시선도 문제다. 내가 졸 때는 내가 잘 때는 '재충전'인데, 다른 사람이 졸거나 잘 때는 '저거 잠자러 왔나'다.

사람은 로봇이 아니므로 낮잠을 자줘야 한다. 나의 낮잠만큼 남의 낮잠도 소중하다. 그리고 이왕 잘 거 편한 곳에서 편안히 자면 더욱 바람직하지 않겠나. 마음껏! 당당히! 편안히! 낮잠을 즐길 수 있는 그런 세상이 되었으면 좋겠다.

고전소설 전(傳)의 위대함

●

고전소설의 90퍼센트가 '전[뎐]傳'이다. 전들은 대개 '작자 미상'이고, 희곡적으로 쓰였으며, 다양한 이본이 존재한다.

한글은 임진왜란 이후 비로소 널리 쓰이게 되었다. 임진왜란은 민족의 대이동과 이합집산을 초래했고, 신분제 사회를 뒤흔들어, 일반 대중을 주체로 서게 만들었다. 일반 대중은 자신들의 글자로 한글을 사용하게 되었고, 설화들도 속속 한글로 기록되었다. 이것이 바로 전이다.

작은 설화들끼리 겹쳐지기도 했고, 한 설화가 과거와 당대의 주요 사건을 포함하기도 했고, 중국의 소설을 모방하기도 했다.

이렇게 1차적으로 기록된 전은, 필사 과정에서 필사자의 기호와 성향 취향에 의해, 심하게 부풀려지거나 변형되거나 교체되거나 삭제되거나 하는 과정을 거쳐 재구성되었다. 작가가 무명씨일 수밖에 없었던 것은, 작가가 천민 계급이어서가 아니라, 원래 창작자가 누구다, 라고 뚜렷하게 말할 수 없기 때문이었다.

전들은 공통적인 속성을 가지는데, 입으로 전달할 수 있다는 —낭독(공연)이 가능하다는—것이다. 이것은 불가피한 바였다. 책의 유통은 필사와 인쇄로 이루어졌지만, 책과 일반 대중의 만남은, 공연으로 이루어졌기 때문이다. 한글이 널리 사용되었다고는 하나 절대 다수가 문맹자였다. 전은 글을 읽을 수 없고 들을 수밖에 없는 대중들을 목적으로 쓰인 글이었다. 따라서 전은 대중 관객의 이해와 기호를 적극적으로 수용한 희곡 대본 같은 것이었다.

전(희곡 대본)을 문맹 일반 대중(관객)에게 전달하는 배우 역을 맡은 것은 '전기수'였다. 전기수는 조선 후기의 직업적인 낭독가다. 부유한 가정을 찾아다니며 소설을 읽어주고 보수를 받는 유랑형, 도시를 중심으로 사람의 왕래가 많은 곳을 택하여 자리 잡고 앉아 소설을 읽어주고 돈을 번 체류형 등이 있었다.

이덕무李德懋는, 옛날에 종로 담배 가게에서 전 읽는 것을 듣다가, 영웅이 가장 실의한 대목에 이르자 어떤 남자가 갑자기 눈을 부릅뜨고 입에 거품을 물며 낭독자를 칼로 찔러 죽인 일이 있다고 했다. 이덕무는 '읽는 것을 듣다가'라고 했지만, 단순히 읽는 것만으로 관객을 그토록 정신 나가게 할 수는 없다. 낭독자는 사람 하나를 완전히 몰입시켜 현실과 이야기를 구분하지 못할 정도로 책을 읽었을 테다. 낭독자는 요샛말로 하자면 '리얼 쇼'를 했던 것이다.

조수삼은 이런 기록을 남겼다. "어떤 전기수는 동대문 밖에 살았다. 언문 소설을 잘 낭송했는데, ……워낙 재미있게 읽는 까닭에 곁에서 구경하는 청중들이 빙 둘러싸고 있다. 그는 읽다가 가장 긴요해서 매우 들을 만한 대목에 이르러서는 문득 읽기를 멈춘다. 그러면 청중은 하회가 궁금해서 다투어 돈을 던진다. 이것을 일컬어 '요전법'이라 한다." 관객이 돈을 던질 수밖에 없게 만드는 연기력을 가진 배우, 그가 바로 전기수였다.

전기수들은 자기들끼리 더 많은 관객을 확보하기 위해 치열한 경쟁을 펼칠 수밖에 없었다. 이러한 소설 낭독판에 새로운 피가 수혈되었는데 바로 판소리 광대들이었다. 판소리는 소리꾼 한 명이 고수(북 치는 사람)의 장단에 맞추어 창(소리), 말(아니리), 몸짓(너름새)을 섞어가며 긴 이야기를 엮어가는 것을 말한다. 혼자 읽는 전기수보다, 두엇이 오페라처럼 노는 판소리가 경쟁력이 훨씬 높았을 테다.

전의 매력은 풍자성과 해학성이 고도로 구현된 서사물이라는 것이다. 수백 년간 지속된 공동 창작과 퇴고 작업의 결과, 정치·경제·사회를 적절히 풍자하되, 그 빛깔을 해학(유머)으로 채운 독특한 예술이 생성된 것이다.

『춘향전』은 성춘향과 이몽룡의 지독한 사랑을 줄거리로 하고 있지만, 신분제 사회의 동요와, 하층 민중의 신분 상승에 대한 갈망과 그런 갈망의 욕구에 대한 합리화를 담고 있다. 애절한 이야기나 애절한 구석이 거의 없다. 춘향과 이몽룡이 처음 만난 날 밤에 놀아나는 장면, 춘향이 매 맞으며 대꾸하는 십장가 장면에서 대표적으로 드러나듯이 음란하기조차 한 해학적 표현으로 일관하고 있다.

『심청전』에서도 이팔청춘 심청이 지독한 효를 펼친다는 이야기지만, 현실을 제대로 인식하지 못한 채 안으로 푹푹 썩어가고 있는 조선의 현실과 그에 대한 극복의지를 담은 풍자물이다. 또한 슬픈 내용임에도 불구하고 이야기의 실제는 해학으로 넘쳐나고 있다.

『박씨 부인전』은 추녀에서 미녀로 변한 사대부 여인이 오랑캐를 물리친다는 줄거리 속에 신장된 조선 여인들의 사회 참여 욕구를, 『임진록』은 다양한 전쟁 이야기 속에 전쟁으로 인한 상처, 한, 울분, 복수 의지 등을, 『전우치전』, 『홍길동전』, 『임경업

전』 등과 같은 영웅 서사물은 영웅의 이야기를 통해 민중의 참권력에 대한 갈망 등을 풍자한다고 볼 수 있지만, 구체적인 표현은 읽는 재미 듣는 재미, 즉 해학성에 집착하고 있다는 것을 알 수 있다.

『흥부전』은 조선 중기 이후 내재적으로 진행된 천민자본주의의 생생한 모습을 담아내고 있다. 흥부의 처절한 삶을 통해 조선 민중의 비참한 생존을 알 수 있다. 민중들이 바랄 것이라고는 박으로 상징되는 벼락부자가 되는 길밖에 없는 것이다. 그에 비해 놀부는 가진 자들의 전형이다. 가진 자의 생생한 착취와 이기적인 삶을 생생하게 보여주는데, 놀부의 몰락은 민중의 시기 질투에 지나지 않는 것인지도 모른다. 부익부 빈익빈이라는 심각한 문제를 다루면서도 작품의 분위기가 결코 무겁지 않다. 놀부의 심술과 흥부의 가난에 대해 과장된 수사법을 사용하여 해학성을 높임으로써 독자들을 흥미롭게 한다. 심각성을 상실했다는 비판을 받기도 하지만, 이런 비판은 웃기는(해학성이 강한) 작품들의 숙명이다.

흔히 『변강쇠전』으로 알려진 〈가루지기타령〉은 조선 후기 파탄난 민중들의 모습을 처절하고도 생생하게 보여준다. 변강쇠와 옹녀의 성 집착은, 절대 파탄의 삶 속에서 끈질기게 지속되는 생명력을 상징하는 것이다. 영화 〈음란서생〉 같은 경우, 단지 음란한 성의 세계만 있을 뿐이다. 그러나 〈가루지기타령〉은 음란한 이야기를 뼈대로 했을 뿐 진정한 리얼리즘 문학으로 당시의 시대상을 완벽하게 비판하는 동시에 그 속에서도 지속되는 생존이라는 인간 보편의 문제를 설득력 있게 고찰하고 있다. 영화들의 저속한 작업으로 뛰어난 문학작품 〈가루지기타령〉이 포르노처럼 인식되고 있는 것은 가슴 아픈 일이다.

전은 민중의 부단한 공동 창작 과정을 거쳐 정형화된 희곡적인 문학물로, 풍자성과 해학성이라는 뚜렷한 매력을 가지고 있다. 교과서에도 실리고 거의 모든 아동 출판사들이 한 번씩은 윤색판을 펴낼 정도로 현대에도 절찬리에 읽히고 있으며, 영화·연극·텔레비전물·만화 등으로 줄기차게 '패러디'되는 것이 그 명백한 증거일 것이다.

소설은 빈곤 탐구 중

●

부자도 빈곤(없고 부족)하다. '상위 2~3퍼센트', '상류층', '특권계층'으로 불리는 이들을 보라. 빈곤과는 지구와 달의 거리만큼 떨어져 있는 것으로 뵈는 그들마저도 한 푼에 벌벌 떤다. 그들도 빈곤한 것이다. 우리나라에서 가장 잘산다는 이들이 빈곤하니, 나머지 국민들이야 말 다 했다. 빈곤하지 않은 국민이 없다. 오죽 빈곤했으면 대다수 국민이 '부자 되세요!'를 최고의 명언으로 알겠는가.

빈곤에 있어 둘째 가라면 서러워할 작자들이 소설가다. 특히 한국어를 쓰는 우리나라 소설가들의 빈곤은 세계적으로 최상위권일 수밖에 없다.

한국어 인구는 달랑 5천만이다. 그 5천만 중에 한 달에 소설 한 권이라도 읽는 독자는 100만 명도 안 된다. 한국 소설가의 책보다는 세계적인 작가의 책을 읽을 확률이 높으므로, 5천만 중에, 한 달에 한국 소설 한 권이라도 읽는 독자는 10만 명도 안 될 테다.

소설가는 겁나게 많다. 1960~1970년대부터 한국문학을 책임졌던 원로들로부터 막 데뷔한 이십 대 소설가들까지, 본격문학 한다고 폼 잡는 소설가뿐만 아니라 대중문학, 인터넷 문학, 장르 문학, 매체 전용 문학에 주력하는 작가들까지 고려한다면 소설가의 수는 무진장하다. 게다가 한국의 소설 시장은 일제시대부터 완벽하게 세계화 상태다. 영화처럼 스크린쿼터 같은 보호막도 있어본 적이 없이, 전 세계적인 소설들과 신자유주의적인 경쟁을 펼쳐왔다.

대부분의 소설가는 교수도 아니고, 직장에 다니지도 않고, 책이 팔리지도 않고, 문학상을 받지도 못하고, 혹시 받아도 상금이 적어 보탬이 안 되고, 도와주는 이도 없고, 작품이 드라마나 영화화되지도 않는다. 소설만 써서는 생계가 불가능하니, 무수한 잡일을 한다.

그렇게 빈곤한 소설가들은, 세상의 빈곤을 어떻게 담아내고 있을까.

IMF 환란 때까지는 이랬다. 경제적으로는 '빈곤하지 않고, 오히려 빈곤하지 않아서 탈', 문화적·정치적·철학적·종교적인 면은 '빈곤하거나 매우 빈곤'. 심하게 말하면, IMF 환란 이전의 한국 소설은 '돈만 많을 뿐 머리에서 발끝까지 천박한 한국인들에 대한 고민과 탐구'였다.

2000년대의 소설들은 달라질 수밖에 없었다. 셋으로 압축해 보자.

역사 도취

한 국가와 국민이 경제적인 빈곤을 떨치면, 문화적인 부를 추구하기 마련이다. 대중적으로는 '세계에서 1등하자'로 요약할 수 있는 스포츠에 대한 과도한 열망으로 집약된다. 문학적으로는 우리 역사 문화도 때깔 난다는 자긍심과 그 증명에 대한 열망으로 집약된다. 우리 역사와 문화가 빈곤하지 않다는 걸 합리화하고 싶은 것이다. 이러한 열망이 낳은 것이 바로 역사소설이다.

역사소설은 2000년대에 역사적 사실과 허구의 결합이라는 '팩션'으로 진화하며, 역사의 왜곡은 기본이고, 없는 역사를 무리하게 만들어가면서까지, 우리 역사 문화의 부를 창조했다. 팩션 문학은 다투어 드라마가 되어, 독자 되기는 거부해도 시청자 되기에는 기꺼워하는 대중들의 자긍심을 어루만졌다.

환상 없는 소설을 찾기가 더 힘들 정도로, 환상은 호두 빵에 들어 있는 호두와 같다. 판타지는 우리가 경제적으로 빈곤하지는 않지만, 다른 측면으로는 살기 힘들어 미치겠다는 소리가 절로 나올 만큼, 유형 무형의 스트레스를 꽉꽉 받고 있다는, 총체적인 빈곤 현실에서 탈출하고자 하는 욕망의 상징물일 테다.

배부르고 등 따뜻하면 행복하게 살 줄 알았는데, 그게 아니었다. 엔도르핀과 도파민을 분출시킬 수 있는 자신만의 무슨 일이 있어야 하고, 살벌한 인간관계 속에서 견딜 수 있는 무신경이 있어야 하고, 도덕과 상식과 공공성이 분쇄된 환경 속에서의 존재의 합리화도 필요하고, 모두가 더 부자가 되겠다고 달음박질치는 세계에서 중심 잡기도 여간 힘든 게 아니고, 미래는 불안하고, 한마디로 너무나도 무서운 세상이다.

이 무서운 세상을 탈출해보고, 자기 마음대로 조종해보고, 넷 게임 하듯 격파해보고, 유랑해보고, 장자의 나비 꿈인 양 여겨보고, 이렇게 자유를 만끽해보는 것이 판타지일 테다. 판타지가 그 자유로운 상상력에도 불구하고 공허를 배경으로 깔고 있는 것은, 그렇게 자유롭게 놀아봐도, 꿈에서 환상에서 깨어나면 결국은 다시 모든 것이 빈곤한 현실이기 때문일 테다.

돌아온 가난

역사에 대한 과도한 상상도 지겹고, 판타지의 도취도 신물이 난 소설은, 경제적인 빈곤을 적극적으로 담아내고 있는 추세다. 백수 소설과 칙릿을 표방하는 장편, 대중문학이라는 딱지가 붙은 소설들까지, 빈곤 탐구를 핵심 축으로 삼고 있다. 다만 현재의 경제적 빈곤을 바라보는 시각은 현저하게 개별적이다.

혹시 가진 자들의 현란한 거짓말에 속아 넘어가서 집단적으로 빈곤 망상에 빠져 있는 것은 아닌지, 그저 허리띠를 졸라매고 푼돈이나 벌자는 집단 최면에 빠져 있는 건 아닌지 의문을 제기하는 비딱한 소설, 이게 다 소비에 미친 10년의 대가니 궁핍의 10년을 감내해도 싸다는 자포자기 소설, 이러다가 우리 정말 평생 결혼도 못 해보고 백수로 살아야 하는 거 아니야 하는 공포 소설, 그래도 꽃남이나 꽃녀는 자기 능력에 따라서 얼마든지 기회를 가질 수 있으니 내일의 희망을 꿈꾸며 최선을 다하자는 희망 고문 소설, 이렇게 어려울 때일수록 믿을 건 가족밖에 없다는 '엄마 아빠 사랑해요 소설' 등등.

시의 탄생은 모호하지만 소설의 탄생은 명확하다. 서구에서는 경제적인 부를 가진 신흥계급 부르주아지의 내면적 부를 만족시키기 위해 탄생했다고 하고, 동양까지는 너무 넓고 한국으로 국한하면, 한국은 경제적인 부하고는 거리가 멀었던 상놈 계급의 귀를 즐겁게 해주는 길거리 난장 문학으로 출발했다.

동서고금을 막론하고 소설은 경제적으로 조금 나아진, 보다 많은 이들의 마음과 눈과 귀를 만족시키기 위해 탄생하고 발전해온 것이다.

대중들의 내면은 한없이 가난해졌다. 팩션 소설의 영웅도, 판타지 캐릭터마저도 빈곤하다. 그나마 있던 독자들도 스마트폰이 앗아가면서, 소설가들은 더욱 빈곤해졌다. 이래저래 한국 소설은 적나라할 정도로 빈곤 탐구 중이다.

소설 씨와의 인터뷰

•

Q: 당신께서는 요즘 너무 안 읽히십니다. 왜 안 읽힌다고 생각
   하십니까?

A: 첫 번째, 시대의 정신없는 질주 아니겠습니까. 혹자는 후기
   산업 시대라고 하고, 혹자는 신자유주의 시대라고도 하고,
   혹자는 뭐라 뭐라 하고, 하여튼 이 시대에 대한 많은 규명들
   이 있습니다. 나도 뭐가 가장 올바른 규명인지는 알 수 없습
   니다만, 그래도 분명한 건 이 시대는 책이나 붙잡고 있을 시
   간이 없다는 겁니다. 가난하던 때에는 가난하므로 가진 게
   시간밖에 없었습니다. 시간이 있으니까 나를 읽을 수 있었
   겠지요. 하지만 요새는 가난이 허용되지 않습니다. 부유하

든, 부유하지 않든, 가난하지 않기 위해 최선을 다하도록 강
요하고 있습니다. 누구나 먹고살기에 급급하다는 거지요.
이럴진대 나를 읽을 시간이 있겠습니까? 우리 시대의 가장
들이 평생 책과 담쌓고 지내는 것은 당연한 겁니다.

Q: 그러니까 한마디로 말해서, 먹고살기에 급급하기 때문이라
는 거군요.

A: 두 번째는 인터넷과 스마트폰입니다. 그게 없던 시대의 사
람들 중에는, 정보와 교양과 감동을 얻기 위해서 나를 읽었
던 자들도 많았을 것입니다. 정보, 교양, 감동, 이거 인터넷
에 널려 있습니다. 인터넷 붙잡고 한두 시간이면 무한한 정
보와 광대한 교양과, 한없는 감동을 구할 수가 있습니다. 스
마트폰에 검색하면 아무거라도 즉각 나옵니다. 누가 구태여
나를 붙잡고 몇 시간씩 골치 아프려고 하겠습니까?

Q: 독자들이 당신에게서 구하던 것을 사이버에서 구할 수 있게
되었기 때문에, 당신이 읽히지 않는다, 이렇게 정리해도 되
겠습니까?

A: 정반대되는 말도 할 수가 있을 겁니다. 즉 사이버는 나를 더
욱 읽히게 만든 요인이기도 하다는 겁니다. 나는 원래부터
가 독자의 입장에서 볼 때 주동적인 대상입니다. 독자는 시
시때때로 읽음을 멈추고 사유할 수 있습니다. 사유할 짬을

거의 주지 않기 때문에, 보여주는 대로 볼 수밖에 없는 영화 예술과 비교한다면, 내가 얼마나 독자 주동적 예술인지 알 수 있지요. 그럼에도 불구하고 나는 독자에게 다소곳할 것을 강요하는 경향이 있었습니다. 예를 들어서 독자 입장에서 도저히 이해 불가능한, 혹은 동감할 수 없는 나는, 독자에게 무의미한 대상일 수밖에 없습니다. 이럴 경우엔 내가 독자 주동적이라고 자부할 수 없을 겁니다. 하지만 나는 본질적으로 독자의 수준과 비위에 맞추려는 존재가 아닙니다. 그런데 인터넷이 나의 그 자존심을 뭉개버렸지요. 인터넷은 나에게 강요했습니다. 좀 더 쉬워져라, 좀 더 유치해져라, 좀 더 어린 사람들 비위에 맞추어라. 인터넷의 강요는 곧 시대의 강요이기도 했습니다. 출판 시장은 강요를 받아들이거나 강요에 따를 수밖에 없었고, 이것은 곧 인터넷류라고 부를 수 있는, 나를 대거 출현시키게 되었습니다. 기존의 나도 인터넷의 영향을 크게 받았고요. 즉 인터넷은 나의 외연을 증폭시켰고, 나의 내연에 상당한 영향을 끼치고 있는 것입니다.

Q: 그러니까 일장일단이 있다는 말이군요. 인터넷은 당신의 독자를 줄인 측면도 있고, 늘게 한 측면도 있다는.

A: 세 번째는 시간을 때울 수 있는 방법이 무한히 늘어났다는 겁니다. 과거에는 할 일이 없어서, 심심해서, 재미있고 싶어

서, 연애하고 싶어서 등등 신변적인 이유로 나를 읽는 독자들이 있었습니다. 정말 그랬을 것 같습니다. 그 남아도는 시간을 도대체 어떻게 때웠을까요? 나밖에 더 있었겠습니까? 그러나 요새 세상은 선택의 여지가 무궁무진합니다. 텔레비전 하나만 봐도 그렇습니다. 과거에는 서너 개 채널을 아무리 돌려봐도 구미에 맞는 게 드물었습니다. 그러나 요새는 채널이 수십 개입니다. 구미에 맞는 게 하나는 걸리지 않겠습니까? 텔레비전 한번 켰다가 도끼 자루 썩는 줄 모르는 사람이 속출하는 데는 다 이유가 있지요. 텔레비전 말고도 볼 게 얼마나 많습니까? 보는 게 지루하면 인터넷 게임으로 들어가 조금 눌러대다 보면 한나절 홀라당 가버립니다. 그리고 요새는 갈 데가 얼마나 많습니까? 다들 차가 있으니까 멀리 떨어진 곳도 이제 손바닥 안이나 마찬가지입니다. 논다는 자체도 힘드는 일이라 그렇지, 놀 작정이라면 아주 가까운 곳에 놀 건수가 지천입니다. 그런데 웃기는 것은 세상이 놀기를 강요한단 말입니다. 열심히 일했으니까 여가 시간에는 열심히 놀라는 겁니다. 사람들은 일하고 노는 기계나 마찬가지지요. 한마디로 나를 붙잡고 있을 시간이, 사람들에게 없어요.

Q: 여가 선용 기회가 넉넉해서, 라고 정리하겠습니다.

A: 네 번째는 나 자체가 원래 읽은 사람만 읽는 것이기 때문입니다. 어느 시대에나 100명이 있었다고 칩시다. 그중에 나를 읽는 사람은 언제나 10퍼센트였다는 겁니다. 조선시대에도, 일제시대에도, 보릿고개 시대에도, 1970~1980년대 나의 황금기에도, 포스트모더니즘 시대에도, 당대에도. 그런데 나를 읽지 않는 90퍼센트가 생각하기에는, 언제나 '우리 시대의 소설은 독자에게 읽히지 않았다'는 거죠. 제 생각에는 현재도 마찬가지라고 생각합니다. 여전히 나를 읽는 10퍼센트의 사람들이 있고, 여전히 나를 읽지 않는 90퍼센트의 사람들이 있습니다. 그리고 90퍼센트의 사람들은 당대의 나를 안 읽힌다고 말하고 있습니다.

Q: 원래 소수 정예에게만 읽힌다는 말이 되겠네요.

A: 더 이상은 아무리 해도 생각이 나지 않습니다. 혹자는 마지막으로 반성적 발언이 나오지 않았을까 예측하겠습니다만, 나는 반성하고 싶지 않습니다. 내가 재미없어서, 독자가 안 읽는다 이러면 참으로 근사한 발언이 되겠지요. 겸양에, 앞으로는 잘 읽히도록 노력하겠다는 각오도 될 테니까요. 독자도 흡족하고, 나도 반성했으니 마음 편하고, 이런 자리를 마련한 주최 측도 모양 좋게 끝낼 수 있고. 그러나 제 생각에는 나는 할 만큼 했습니다. 한반도 남쪽만 따져도 굉장히 많

은 내가 있습니다. 그러나 만인의 입에 오르내리는 내가 있는가 하면, 소리 소문 없이 몇몇에게서 추앙받는 내가 있고, 위대하나 철저히 버림받아 묻힌 내가 있습니다. 참으로 허다한 내가 있습니다. 그런데 유감스러운 것은 이 중에 만인의 입에 오르내리는 몇몇 나만을 읽은(특히 평소 나를 즐겨 읽지 않다가 어쩌다가 읽은) 분들 중에는, 나라는 거대한 숲을 속속들이 다 본 양, 거침없고도 단칼과도 같은 일반화를 토로하는 분들이 계시다는 겁니다. 아마 내가 사망했다는 소문도 그런 섣부른 일반화의 오류가 아닐까 싶습니다.

독서하는 때가 가을이다

•

책을 좋아하는 병사 K는 내무반에서 책 읽을 때 외로워 보였다. 홀로 책을 읽었기 때문이다. 무슨 짓이든지 혼자 하면 외로워 보이기 마련이다. K는 휴가 때도 주로 책을 읽으며 시간을 보냈다. K가 한번은 눈물 나는 소설을 읽게 되었다. 제법 많은 책을 읽어봤지만, 눈물이 절로 나게 하는 소설은 처음이었다. 죽을병에 걸린 아버지가 가족들 몰래 인생을 정리하는 담담한 이야기였다. 사실 별 이야기 아닐 수도 있었다. 하지만 K는 읽는 내내 눈물을 흘렸다. 아버지가 생각나고 어머니가 생각났다. 내 아버지도 이 소설 속의 아버지처럼 나를 끔찍이 아끼시겠지, 내 어머니도 이 소설 속의 어머니처럼 나를 애타게 그리워하겠지, 그런 부모님께 해드린 것 없이 속만 썩이고 살아왔구나, 전역하면 정말 효도해야지, 이러저러한 마음이 물방울로 맺혀 자꾸만 떨어졌던 것일까. K는 소대원 모두에게 감동을 나눠주고 싶었다.

K는 그 소설을 몇 권 더 사서 귀대했다. K는 소대원 전부에게 그 소설을 읽게 했다. 선임병들은 짜증을 냈다. "책은 초등학생이나 읽는 거지, 우리를 귀찮게 말아라!" "정말 후회하지 않으실 겁니다. 꼭 한 번 읽어봐주십시오." "싫대두!" "재미없으면 제가 여자 소개시켜 드리겠습니다." 마지못해 그 소설을 읽기 시작한 선임병들은 시나브로 소설 속에 빠져들어 가더니 울먹울먹했다. 후임병들도 책이라면 질색했다. "그냥 읽을래? 달 두어 시간 쳐다보고 읽을래?" K는 후임병들을 교육할 때 부동자세로 달을 쳐다보게 하는 것으로 악명이 높았다. 그게 무어 어렵냐고 생각할 수도 있겠지만, 직접 해보시라 정말 힘들다. 소설을 읽은 후임병들도 차례로 눈물을 질질 흘렸다. 마침내 소대원 전부 그 소설을 읽었고 전부가 울었다. 눈물 한 방울 흘리지 않고 마음으로만 운 병사도 있었고, 화장실로 달려가 "아버지!"를 부르짖으며 통곡한 병사도 있었다.

소대장은 화가 났다. "군인이 소설 때문에 울어? 이것들이 군기가 빠져가지고!" K는 장담했다. "소대장님, 이 소설은 군기를 강화시켜 주는 소설입니다." "아니면, 너 죽는 줄 알어!" 소설을 읽은 소대장도 울고 말았다. 소대장은 민망했던지 이렇게 말했다. "이제 모두 다 알겠지? 부모님이 너희를 얼마나 사랑하는지. 부모님을 사랑하는 마음으로 군 복무 충실히 하자!"

소대원들은 사실상 독서를 처음 해보았다. 초등학생 시절에는 거의 강제로 책을 읽었다. 선생님이 부모님이 읽으라고 하니 읽었고, 읽은 다음에는 억지로 독후감을 써야 했다. 책 읽기는 곧 독후감 쓰기였고, 그래서 책만 봐도 짜증이 났다. 그런데 중학교에 들어간 이후로는 아무도 책을 읽으라는 얘기를 하지 않았다. 부모님도 선생님도 대학 갈 공부만 하라고 했다. 대학에 가서도 독서할 겨를이 없었다. 즐기느라고, 알바하느라고, 취업 공부 하느라고, 책 따위는 쳐다볼 시간이 없었다. 있는 시간에는 컴퓨터나 스마트폰을 들여다봐야 했다. 책은 마음의 양식이다, 독서는 힘이다, 책은 재미를 주고 정보를 주고 스트레스를 풀어준다, 뭐 이런 소리를 늘 듣기는 했지만, 강아지 짖는 소리로 여길 뿐, 굳이 책을 읽어보려고 한 적은 없었다.

처음으로 독서를 해본 소대원들은 책이 이렇게 재미있는 것이었냐며 놀라워했다. 그동안 먼지만 가득 쌓여 있던 '진중문고'가 대출되기 시작했다. "어떤 책이 재미있습니까? 추천 좀 해주십시오." "무슨 책을 읽어봤는데 겁나게 웃기던데, 책이 웃겨도 되는 것입니까?" "교양이 빵빵해지는 책은 없을까요?" 이렇게 K에게 묻는 병사들까지 생겼다. 어렸을 때처럼 원고지에 쓰라고 하면 도저히 못 쓸 독후감을 저희들끼리 나누는 병사들도 있었다.

소대장과 선임병들은 은근히 걱정했다. 독서가 좋다는 것은 알겠지만, 소대원들의 전투력이 떨어지지 않을까. 의외의 결과가 나타났다. 독서가 생활화된 이후, 그 소대의 전투력은 더욱 높아졌다. 병사들끼리 서로를 이해하는 마음이 넓어져 전우애가 한층 단단해졌고, 창의적으로 생각할 줄 알게 되어 각종 훈련에서 빼어난 성적을 거두었다. 심지어 축구까지 잘했다. 그 밖에도 눈에 보이지 않지만 가슴으로는 느껴지는 변화들이 있었다.

소대원들은 전역한 후에 독서가 왜 좋은지 복잡하게 떠들지 않아도 되었다. 군대에서 경험했던 독서 사건만 들려주면 모두들 고개를 끄덕였다.

가을은 독서의 계절이라고 하는데, 책 읽기에 좋은 계절이 따로 있을 수 없다. 독서하는 그때가 그 사람의 가을이다.

낙서를 해라!

•

　　　　병사들이 큰 사고를 쳤다. 소대장은 병사들을 집합시키고 벌을 내렸다. "낙서를 해라!" 병사들은 잘못 들었나 싶었다. 전역 얼마 남지 않은 병사는 낄낄거리고 웃기까지 했다. 일기를 쓰라거나 반성문을 쓰라는 말은 수도 없이 들어봤지만 낙서를 하라니! "이것들이 장난하는 줄 아네. 에이포지 열 장씩 낙서를 한다. 실시!" 소대장이 버럭버럭했다.

　병사들은 낙서를 시작했는데, 낙서하기가 장난이 아니라는 것을 곧 깨달았다. 아무렇게나 끼적거리면 그게 낙서인 줄 알았는데, 아무렇게나 끼적거리는 것이 잘 안 되는 것이었다. 병사들은 차라리 반성문을 쓰게 해달라고 했다. 반성문은 어릴 때부터 너무 자주 써봐서 자신이 좀 있었다.

　소대장이 말했다. "낙서는 결코 장난이 아니다. 그 순간의 자신의 마음과 생각을, 글자나 그림 따위로 명쾌하게 정리한 거다. 해독 불가능한 낙서도, 실은 그 순간의 해독 불가능한 자기 마음속이나 머릿속을 솔직하고 담백하게 표현한 거다. 또한 낙서는 '함부로' 쓴 게 아니다. 낙서를 하지 않을 수 없을 만큼, 그 순간 심란했다. 심란함을 드러내는 방식이 폭력적 행위가 아닌, 쓰기나 그리기 같은 아주 예능적인 행위였다. '함부로'가 아니라 '선량하게' 썼다고 하는 게 옳다."

　병사들이 속으로 궁얼댔다. 대체 무슨 소리를 지껄이는 건가. 한 병사가 따졌다. "아무 데나 쓰는 게 낙서 아닙니까? 낙서를 어떻게 이렇게 깨끗한 종이에다 하란 말입니까? 종이가 너무 깨끗해서 차마 낙서를 못하겠습니다."

　다시 소대장이 말했다. "'아무 데나' 썼다는 것은 착각이다. 낙서는 장소를 가리지 않는다. 책상, 의자, 시험지, 연습장, 옷, 살갗, 백사장, 나무, 그 어느 곳이든 좋다. 그러나 너희 낙서장은 주로 교과서였다. 아닌가?" "맞습니다." "공부를 하니 상상력과 창의력이 드높이 발동한다. 그 생각의 파노라마가 스러지기 전에 얼른 붙잡아야 한다. 게다가 교과서는 다시 볼 가능성이 높은 책이다. 저장이나 복습이라는 측면에서 보면 교과서만큼 훌륭한 낙서장도 드물다. 그래서 너희는 교과서에 그토록 낙서를 했던 것이다."

"화장실에도 많이 했습니다. 그건 어떻게 된 겁니까?" "화장실은 가장 많은 낙서가 빛나는 곳이지. 볼일 보면서도 생각은 활발하다. 생각은 적거나 그릴 때 명징해진다. 어쩔 수 없이 낙서할 수밖에 없다. 화장실에 낙서가 가장 많은 이유는, 사실 독자가 가장 많은 곳이기 때문이다. 자기만 좋으면 그만인 사람도 있지만, 대부분의 사람은 자기가 쓴 걸 많은 사람이 봐주기를 바란다. 그래서 화장실에 낙서가 그토록 많은 것이다."

그러니까 소대장의 말은, 깨끗한 에이포지를 교과서나 화장실 벽처럼 생각하고 써갈기든 그리든 하라는 것이었다. 소대장은 병사들이 무슨 잘못을 하든 낙서하기라는 벌을 주었다. 처음 한 달, 병사들이 제출한 종이는 정말 낙서라고밖에 할 수 없었다. 그런데 두어 달이 지나면서부터 병사들의 낙서는 낙서라고 부를 수가 없게 되었다. 노래 가사 비슷한 낙서를 하던 병사는 유행가 뺨쳐서 연예 기획사에 보내보자고 권유받을 작사를 해냈다. 편지 비슷한 낙서만 하던 병사는 사람 울리는 효도 편지 혹은 연애 편지로 유명해졌다. 뭔 얘기인지 모르겠지만 웃기기는 한 낙서를 하던 병사는 유머 소설을 집필했다. 그림만 그리던 병사는 병사들이 애독하는 만화를 그렸다. 시를 써내는 병사도 있었고, 신문에 나오는 칼럼 비슷한 것을 쓰는 병사도 있었다. 가장 글을 못 쓰는 병사도 최소한 자기 생각을 남이 알아듣게 적을 수는 있게 되었다.

소대장은 전역하는 병사들에게 이런 말을 해주었다. "난 네가 평생 작가로 살아가기를 바란다?" "굶어 죽으라고요?" "전문적인 글쟁이가 되라는 얘기가 아니다. 글로 자기 삶을 스스로 기록하면서 살아가라는 얘기야. 일기든 에세이든 소설이든 낙서든 날마다 뭐라도 써. 그럼 최소한 스트레스는 없을 거다." "낙서를, 아니 글쓰기를 취미로 하라는 얘기군요." "취미가 아니라 생활로 하라는 거다."

글쓰기라면 두려움부터 갖는 사람들이 꽤 많다. 그러나 낙서를 많이 해본 사람들은 글쓰기를 두려워하지 않는다. 글을 쓰면 어디 가서 실컷 소리 지르고 온 것처럼 속 시원하다는 것을 안다.

소풍을 떠나자

●

　'소풍'이라는 말을 들으면 두둥실 떠오른다. 초등학교 시절, 내가 가장 천진난만했을 때. 봄에는 따사로운 바람이 꽃들을 북돋웠고, 가을엔 잘 여문 곡식이 금빛으로 살랑였다. 산과 계곡과 저수지의 자연 색에 물들었고 다채로운 유흥에 신이 났다.

　왜 그렇게 소풍날이 즐거웠을까. 30여 년이 지난 지금도 기억날 정도로. 지금도 모두들 정신없이 바쁘지만, 옛날에도 몸이 두 개여도 모자랄 정도로 다들 바빴다. 부모님은 주말도 없이 돈 벌러 다녔고, 차도 없었고, 무엇보다도 어디든 가볍게 다녀올 마음의 여유가 없었다.

우리 어린이도 덩달아 삭막할 수밖에 없었다. 때문에 학교 소풍이 소풍의 전부였다. 그러니 그날은 우리에게 너무나도 소중한 날이었다. 평소엔 도무지 먹을 수 없었던 맛있는 음식을 먹을 수 있고, 특별 용돈도 받고, 보물도 찾고, 오락회도 하고, 축제였다. 명절과 맞먹는 날이었다.

그렇게 소풍날은 정말 멋진 날이었지만, 1년에 두 번밖에 없으니, 아주 귀한 날이기도 했다. 때문에 우리는 소풍에 대해서 잘못 배우고 말았다. 소풍을, 여행만큼이나 잔뜩 기대하고 잔뜩 준비해서 반년에 하루 다녀올까 말까 한 굉장히 어려운 일이라는 고정관념을 갖게 된 것이다.

우리가 어른이 되어서 소풍을 쉽사리 못 가는 까닭은 바로 그 고정관념 때문이 아닐까. 소풍이 재미있기는 한데, 소풍 가는 일은 몹시몹시 힘들고 어려운 일이야, 라는 막연한 두려움!

옛날만큼 지금도 먹고사느라 바쁘지만, 옛날에 비해서 조건이 퍽 좋아졌다. 주 5일제 등의 노동시간 단축으로 여가도 많아졌고, 차도 웬만하면 다 있고, 대중교통 수단도 잘 갖추어져 있다. 차가 필요 없는 가까운 거리에도 얼마든지 갈 데가 널려 있다.

마음만 먹으면 언제든지 가족끼리 친구끼리 연인끼리 이웃끼리 휭 하니 다녀올 수 있다. 그런데도 소풍에 대한 막연한 두려움이 마음을 안 움직이게 한다. 이리 뒹굴 저리 뒹굴 하다 보면 어느새 여가 시간이 다 가버린다.

인생을 여행에 빗대기도 하고 소풍에 비유하기도 한다. 여행은 분명한 일이나 목적을 갖고 멀리, 오래 다녀오는 것이다. 반면에 소풍은 편한 마음으로 가까운 곳에 짧게 다녀오는 것이다. 한 달, 1년, 10년…… 멀리 바라보는 인생은 여행에 어울리고, 오늘 내일 주말…… 가깝게 접하는 나날은 소풍에 가깝다.

하지만 현대인에게는 하루가 너무 길다. 도무지 소풍처럼 여겨지지가 않는다. 일상과 업무에 옥죄어 스트레스 쌓여가는 나날, 하루하루가 길고 지루한 대하소설 같다. 고故 천상병 시인은 노래했다. '나 하늘로 돌아가리라. 아름다운 이 세상 소풍 끝내는 날, 가서, 아름다웠더라고 말하리라.' 시인은 이 혹독한 '세상'을 '아름답다'고, 삶을 견디는 일을 '소풍'이라고 비유했다. 40년 전에 지어진 시는 널리널리 퍼져, 사람들이 '소풍'이라는 말을 들으면 절로 떠오르는 노래가 되었지만, 세상은 '아름다움'에서 '소풍'에서 점점 더 멀어진 것만 같다.

그러나 '아름다운…… 소풍'에서 멀어진 것은 세상이 아니라 우리의 마음인지도 모른다. 우리는 시인처럼 감히 인생 자체를 소풍처럼 즐길 만큼 간덩이가 크지 않다. 그러나 쉬는 날에조차 소풍을 감히 생각도 못 하고 산다면 서글픈 일이다.

물론 많이 귀찮을 수 있다. 잔뜩 쌓인 스트레스를 푸는 방법으로는 그저 빈둥빈둥, 낮잠이나 텔레비전 시청이나 인터넷 등이 최고라고 생각될 수 있다. 하지만 스트레스를 날려버리는 데 소풍만 한 것이 없다. 다 알고 있듯이.

소풍을 가면 스트레스의 주범, 울화와 노기가 땀구멍을 빠져나와 흩어지고, 청량해진 마음은 목청을 울려 노랫말을 흥얼거리게 하고, 늘 가까이 있으면서도 오래도록 붙잡지 못했던 손을 맞잡고 흔드니 사랑과 우정이 새록새록해지고…….

소풍은 그렇게 간단하고 쉬운 것이다. 김밥이 (있으면 더욱 좋겠지만) 없더라도, 보물찾기를 하지 않아도, 오락회가 없어도, 실컷 누릴 수 있는 게 소풍이다. 대단한 곳으로 가지 않아도, 엄청난 계획을 세우지 않아도, 그곳에서 자연을 느낄 수만 있다면, 무작정 찾아가도 아름다운 소풍이 될 수 있다.

어쩌면 시인은 거창한 말을 한 게 아니었다. '아름다운 세상 소풍', 말 그대로다. 세상이 아름답다면, 그런 아름다운 세상을 걷는 것은 소풍일 수밖에 없을 것이다. 편한 마음으로 가까운 곳에 가더라도, 보이는 것이 다 아름답고, 만나는 것이 다 아름다우니, 아름다운 소풍일 수밖에 없다.

소풍을 떠나자. 이왕이면 가족과 함께. 사랑하는 이와 함께. 벗과 함께. 이웃과 함께. 초등학교 소풍날처럼 말고, 산책 가듯이 편하게. 소풍길에 만나는 자연과 사람에게 우리의 '아름다움'

을 퍼트리자. 우리 아름다운 본성은 자연을 만나면 신나는 축제를 벌이려고 한다. 세상이 아름답지 못하다면, 우리가 아름다운 소풍으로 세상을 아름답게 하자.

웃어라, 내 얼굴

●

　　　얼떨결에 불혹을 눈앞에 뒀다. 내 얼굴 얼렁뚱땅
그리며 되짚으니, 생전 처음 그려보는 게 아니다. 청소년 시절에
내 얼굴이 무슨 원수 표적인 양 그려놓고 볼펜으로 찍어대는 빙
충맞은 짓을 일삼았던 듯싶다. 습작 시절에 되우 써도 늘지 않는
문장 실력과 되우 읽어도 늘지 않는 소갈머리를 한탄하여 내 얼
굴 그려놓고 빨간색으로 난도질하기도 했던 듯싶다.

　이왕이면 웃는 얼굴을 그려보려고 했다. "너는 웃는 얼굴이 참
예쁘다"라고 말해준 분들이 많았다. 칭찬 같아서 은근히 듣기에
좋기는 했는데, 어깃장 놓는 생각으로, 너는 진지하거나 우울한
표정 짓고 있으면 보는 사람 심란하게 만드는 얼굴이란 소리 같

기도 했다.

주제넘게도 벌써 소설책을 열몇 권이나 냈다. 덕분에 사진 찍힐 일이 많았다. 사진 찍는 분들이 수십 방 찍은 뒤 최종 선택하여 지면에 내보내는 사진도 결국엔 웃고 있는 얼굴이었다. 진지하게 작품을 구상하거나 고뇌하는 얼굴은 몇 번 찍더니, "역시 웃는 게 잘 받네요!" 하고 계속 웃는 얼굴만 요구하고는 했다.

웃지 않는 내 얼굴 사진은 보기 안쓰러운 측면이 있다. 긍정적으로 봐주면 짜증과 울화와 노기와 불만에 가득 차 있으니 젊은이답게 패기가 넘쳐흐르는 것 같다는 흰소리라도 갖다 붙이겠다. 그러나 부정적으로 보면 진지하다기보다는 멍청해 보이고 대단한 것을 고뇌한다기보다는 삼불혹三不惑(혹하여 빠지지 말아야 할 세 가지. 술, 여자, 재물을 이른다)에 빠져 있는 것 같다. 이제는 스스로가 사람들과 있을 때 웃지 않고 있으면 죄스럽고 독자에게 뵐 사진 한 장이라도 웃고 있는 게 아니면 겁난다. 낙서 말고 폼 잡고는 첨 그려보는 터수에, 제 얼굴에 웃음까지 담아내려니, 이것 참 쉽지가 않다.

요새 자꾸만 괴란쩍다. 선배들이 마흔 살 앞두고 방정 요란하게들 티 내는 것 보면서, 나는 저러지 말아야지 했었는데, 역시 사람은 지가 닥쳐봐야 아나 보다. 나도 반년만 더 먹으면 마흔 살인데, 마흔 살이 4대강처럼 두렵다. 사실 불혹의 경지는 꿈도

꾸지 않는다. 나 같은 소심한 것이 무슨 마흔 살에 미혹되지 않는 경지를 이루겠는가. 아니, 미혹되어야만 한다고 생각했다. 소설가니까. 미혹되지 않는다는 것은 도를 닦아 도인이 되었다는 소리 아닌가. 도인이 되면 참으로 잡스러운 소설 따위는 쓰려야 쓸 수 없을 거라는 게 나의 짐작이다.

내 소설 쓰기가 먹고사는 일, 그 이상이 될 수 있기를 갈망한다. '그 이상'에 해당하는 것이 그냥 소설이 아니고 '좋은' 소설이라는 것인데, 솔직히 '좋은 소설'이 무엇인지 이젠 자신이 없다. 소설을 꿈꾸고 공부하던 이십 대 때는 알았다. 소설가가 되는 데 성공해서 나름 어줍은 소설가 행세를 해온 삼십 대에는, 여전히 소설을 꿈꾸고 공부하고 있지만, 잘 모르겠다. 대관절 좋은 소설이란 무엇인가? 독자는 안 읽어주고 평론가는 몰라주고 나만 잘났다고 욱대기는 소설이 무슨 좋은 소설일 수 있는가? 자위 소설이지. 아무래도 '좋은'이라는 종잡을 수 없는 수식어를 조금은 구체적인 것으로 바꿔야겠다.

'웃기는'이 좋겠다. 이제까지도 웃기는 소설을 써왔지만, 내 웃음과 독자의 웃음이 상통하지 못한 듯 내 소설에 웃는 독자가 드물었으나, 불구하고 더욱 웃기는 소설을 써야겠다. 절로 웃을 수밖에 없는 소설. 위로받아서 웃고, 짠해서 웃고, 기가 막혀 웃고, 분해서 웃고, 절묘해서 웃고, 깨쳐서 웃는, 가진 자들의 체제와 권력에 대하여 날이 바짝 서 있으면서도 울음보다 강한 웃음기를 머금은 그런 웃기는 소설.

나의 미혹을 애중한다. 내가 웃기는 소설에 대한 미혹을 집어치우는 순간, 그러니까 불혹의 경지에 다다르는 순간, 무슨 활기로 견디겠느냔 말이다. 다짐 삼아 얼핏얼핏 그려진 웃는 내 얼굴 보고 주문을 읊어본다. 웃어라, 내 얼굴! 웃어라, 내 소설!*

* 위 글을 쓴 지 꼭 9년이 지났지만 달라진 게 없다.

작가의 말

　　소설만 써야 한다면, 교수도 공무원도 그럴듯한 직장인도 모범 경제인도 베스트셀러 작가도 아니고, 배우자나 부모나 친구나 신도 같은 이가 뒷배가 돼주지도 못하는, 무늬만 전업인 백수 소설가는 가족을 건사하기가 힘들 테다.

　감사한 마음으로 산문을 써왔다. 생계의 은인인 산문 청탁자들은 대개 '재미있고 감동적이며 메시지도 있는 좋은' 글을 꼭 집어서 요구했다. 독자를 의식하기보다는 내 마음대로 쓰는 소설과 달리, 주문 제작과도 같은 산문은 고객의 취지에 충실하고자 했다. '원고료 값'을 하고자 했다. 그런데 그분들이 원하는 '좋은'이 내게는 늘 고통이었다.

　나는 좋은 사람이 아니었고 좋은 생활을 하지도 않다 보니 좋은 게 뭔지 잘 몰랐다. 좋은 생각도 드물고 좋은 감정도 약했을 테다. 그러니 보통 사람들이 재미있다고 감동적이라고 메시지도 있다고 생각하는 글을 써내기가 소설 쓰기보다는 열 배 백 배 힘

겨울 때가 숱했다. 내가 그동안 산문집을 못 낸 혹은 안 낸 까닭 중의 하나는 뽑아 묶을 만한 가편이 드물다는 반성 때문이었다.

나이가 드니 뻔뻔해졌고, 산문집을 연달게 되었다. 작년에 『사람을 공부하고 너를 생각한다』로 묶은 산문은 '짧은 소설'의 성격이 강했다. 이번의 『웃어라, 내 얼굴』이야말로 내가 지난 20년 동안 돈과 바꾼 1500여 개의 산문 중에서, 그래도 좋은 글이라고 우길 작정인 글들만 골라서 묶은 진정한 첫 산문집이다. 독자님이 재미든 감동이든 메시지든 뭐 조금이라도 맛보아야 나무에게 덜 미안할 텐데……. 단 몇 편이라도 독자님들의 가슴 혹은 머리에 남기를 비손한다.

20년 묵은 이무기의 편린들을 발굴해주신 작가정신 박진숙 대표님과, 편린들의 조합이 빛나도록 애면글면해주신 김종숙 황민지 님께 한없이 감사드립니다.

웃어라, 내 얼굴

초판 1쇄 _ 2018년 12월 5일

지은이 / 김종광
펴낸이 / 박진숙
펴낸곳 / 작가정신
편집 / 김종숙 황민지
디자인 / 용석재
마케팅 / 김미숙
홍보 / 박중혁
디지털콘텐츠 / 김영란
재무 / 윤미경
인쇄 및 제본 / 한영문화사

주소 (10881) 경기도 파주시 문발로 314
대표전화 031-955-6230 팩스 031-944-2858
이메일 editor@jakka.co.kr 블로그 blog.naver.com/jakkapub
페이스북 facebook.com/jakkajungsin 인스타그램 instagram.com/jakkajungsin
출판 등록 제 406-2012-000021호

ISBN 979-11-6026-120-2 03810

이 책의 판권은 저작권자와 작가정신에 있습니다.
이 책 내용의 전부 또는 일부를 재사용하려면 양측의 서면 동의를 받아야 합니다.

이 도서의 국립중앙도서관 출판시도서목록(CIP)은 서지정보유통지원시스템 홈페이지(http://seoji.nl.go.kr)와
국가자료공동목록시스템(http://www.nl.go.kr/kolisnet)에서 이용하실 수 있습니다.
(CIP제어번호 : CIP2018037768)